書下ろし

二度の別れ

取次屋栄三《えいざ》⑱

岡本さとる

祥伝社文庫

目次

板橋宿
川越
千住
白山権現
駒込片町
不忍池
神田明神
昌平橋
神田川
八ツ小路
江戸城
本所一ツ目通り「江本沖右衛門の屋敷」
大川橋
押上村
本所
竪川
横川
大川(隅田川)
小名木川
本材木町四丁目「十二屋」
本材木町五丁目「新・岸裏道場」
南町奉行所
八丁堀
永代橋
永代寺門前町「ひょうたん」
深川
永代寺
蓬莱橋
居酒屋「そめじ」
京橋川
湊稲荷社
京橋
真福寺橋
善兵衛長屋
水谷町栄三郎の「手習い道場」
木挽町
軽子橋
中川家上屋敷
佃島
京橋界隈

『二度の別れ』の舞台

北
西
東
南

川越周辺図
川越
扇
牛子
上新河岸
下新河岸
寺尾
新河岸川
荒川
千住

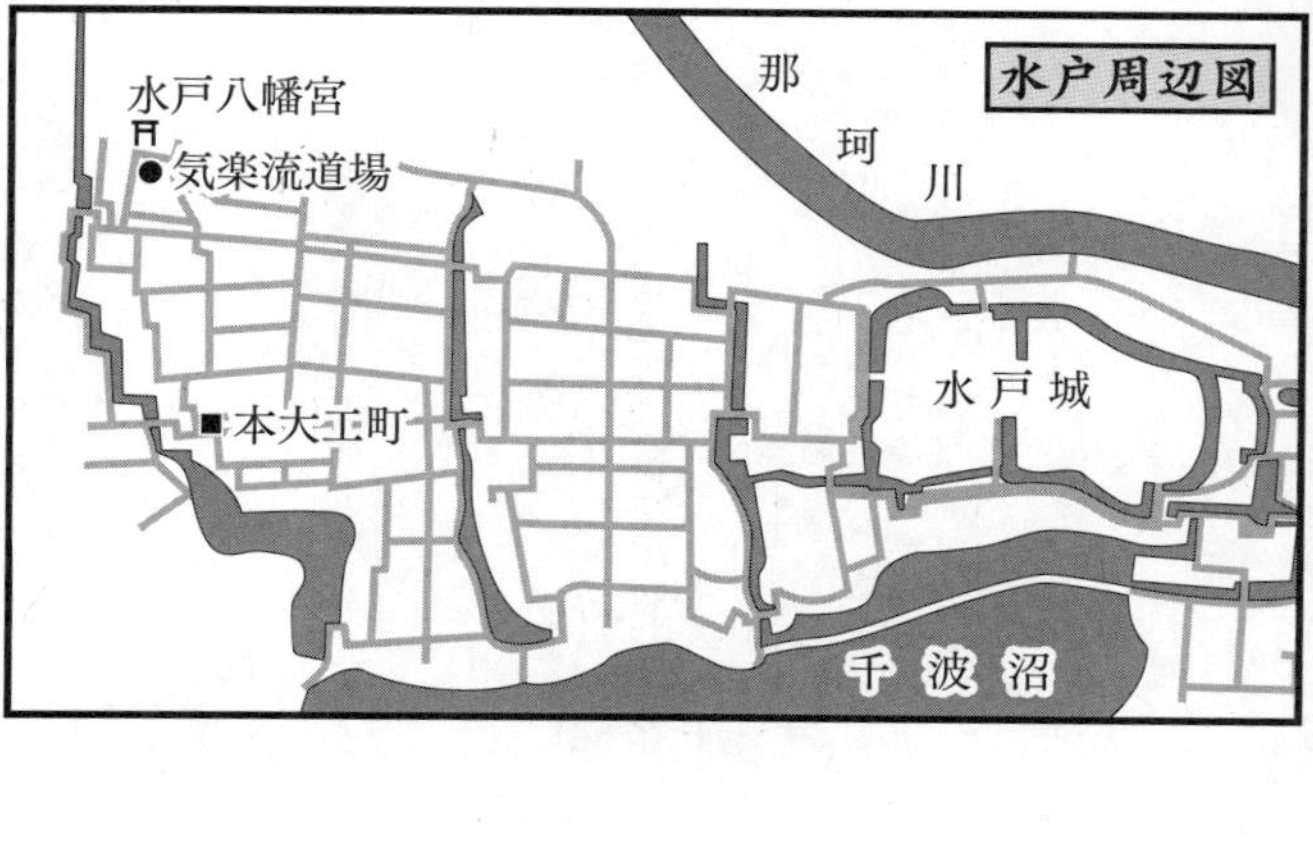
水戸周辺図
水戸八幡宮
気楽流道場
那珂川
本大工町
水戸城
千波沼

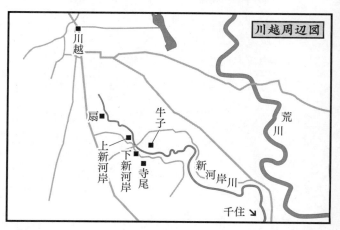

地図作成／三潮社

第一章　御新造《ごしんぞう》

一

「これくらいでよろしゅうございますか？」

久栄《ひさえ》が楽しそうに訊《たず》ねる。

「ええ、もうそんなものは大した決まりもござんせんから、ざあーッ、と入れちまえばいいんですよう、御新造《ごしんぞう》さん……」

又平《またへい》が少し照れながら応《こた》える。

このところ二人は、毎朝共に朝餉《あさげ》の茶粥《ちやがゆ》を拵《こしら》えている。

江戸京橋《きようばし》は水谷町《みずたに》に、秋月栄三郎《あきづきえいざぶろう》が構《かま》える〝手習い道場〟の台所での風景である。

運命的な出会いと別れ、そして再会……。

あらゆる障害を乗り越えて、密《ひそ》かに恋情《れんじょう》を通わせた栄三郎と久栄であった。弟・房之助《ふさのすけ》を世に出さんとして苦界《くがい》に身を沈めた甲斐《かい》あって、房之助は異例ともいえる引き立てで、旗本《はたもと》三千石・永井勘解由《ながいかげゆ》の婿《むこ》養子となった。栄三郎の手によって久栄も根津《ねづ》の妓楼《ぎろう》から請《う》け出されて、萩江《はぎえ》という名で永井家の奥向きに入った。

そこからは、奥向きの武芸指南《しなん》となった栄三郎と、奥向きの女中を束《たば》ねる萩江との、長くもじりじりとした恋模様が続いたが、それに気付いた勘解由の取りはからいで二人は遂《つい》に結ばれるに至った。

萩江は久栄に戻り、永井家を出てこの手習い道場に嫁《とつ》いだのである。

この辺《あた》りの名物男で、人気者の秋月栄三郎であるが、

「もういい歳《とし》をしている二人だ。大層なことはしねえよ」

そう言って、本材木町《ほんざいもく》五丁目にある岸裏《きしうら》道場に二人で出向き、師の岸裏伝兵衛《でんべえ》の媒酌《ばいしゃく》で、相弟子の松田新兵衛《まつだしんべえ》・お咲《さき》夫妻、陣馬七郎《じんましちろう》、地主の田辺屋宗右衛門《たなべやそうえもん》、大家の善兵衛《ぜんべえ》、そして又平だけでささやかに祝言《しゅうげん》をあげた。

形だけ永井家から離縁された久栄は既《すで》に、永井邸を出るにあたって、こちらも栄三郎とささやかに仮《かり》祝言をあげていた。

しかし、それでは裏手の善兵衛長屋の連中や、栄三郎の剣の弟子を誇《ほこ》る町の物好き

は黙っていない。

栄三郎の〝御新造〟と言葉を交《か》わさぬことには気が収まらないのは、栄三郎もわかっている。

久栄が嫁いでからは、手習い所兼稽古《けいこ》場は、日が暮れ始めると宴席《えんせき》となり、連日のごとく久栄のお披露目《ひろめ》が行われた。

これとてもあまり大騒ぎをすると人目を引くので、そこは又平の差配で、人数をうまく振り分け、ゆったりとほのぼのとした中で、秋月栄三郎の妻女・久栄の披露目の日々は過ぎていったのである。

久栄の出自については、永井家に関わることでもあるから、師の岸裏伝兵衛縁《ゆかり》の者で、永井家に奥務めをしていた時もあった――。

と、そのようにだけ伝えていた。

宴《うたげ》を開いた後も手習い道場に栄三郎の美しい妻がいると思うと、滅多《めった》に子供の手習いになど顔を見せぬ親達が、ことあるごとに顔を見せた。

浪人の娘であった久栄は、長屋暮らしも送っている。裏店《うらだな》の人情がどのようなものかは心得ているから、そんな暮らしにすぐ馴染《なじ》んで、

「毎日が楽しゅうて、仕方ござりませぬ」

と、栄三郎に告げた。

まだまだ話し口調《くちょう》は堅苦しいが、様々な苦労を経《へ》た久栄である。

取次屋の女房としても、十分にこなしてくれるであろうと、栄三郎は日々目を細めていたが、

「あんまりへらへらと笑っていると、きれいな女房をもらって、栄三《えいざ》の奴は鼻の下を伸ばしていると冷やかされるから、これはこれで気を付けねばならぬのだ。何といってもおれは手習い師匠だからな。ははは……」

笑ってはいられないのだと言いつつ、いつも身の回りに妻がいてくれる実感に、すぐにまたにやにやとしてしまうのだ。

そのような暮らしの中で、まず久栄が覚えたかったのが、件《くだん》の茶粥の炊き方であった。

大坂《おおざか》の野鍛冶《のかじ》の出である栄三郎にとって、茶粥はこだわりの食である。

大坂の商家など、庶民の炊飯は一日一回、昼に行う。そうして昼は魚などの菜《さい》が付き、温かい飯をいただく。夜は漬物と茶漬ですませ、翌朝にはさらに硬くなった冷飯を出涸《でが》らしの茶葉で煮込《にこ》んで茶粥にするのだ。

真《まこと》に無駄のない日々の食事なのだが、出涸らしであっても、茶粥にすると独特の

趣が出て食べやすい。

永井家へ武芸指南に出向いた折、栄三郎は武芸場で何度かこの話を久栄にしていた。

江戸へ来てからも岸裏道場に茶粥を広め、手習い道場に入ってからも未《いま》だに朝餉は
これに限ると伝えていたのだ。

いつしか手習い道場に住みついた又平が、今や茶粥の名手になっていることも
——。

それゆえ、秋月家の妻としては、何としても又平にこれを学ばねばならなかった。

「茶粥なんて、あっしがお教えするまでもござんせんよ。鍋《なべ》に冷えた飯と水を入れて、煮たってきた頃に、茶袋を入れてまたぐつぐつとやって、塩で味を付けたらでき上がりでございますよ。ただ、うちの旦那《だんな》はあんまり茶に浸《つか》っているよりは、少しこってりとしたのが好みのようですぜ」

教えるといってもこれで終ってしまうのだが、久栄はいつも真顔で聞き入り、いちいち又平に指南を乞《こ》う。

——まったく好《い》い御新造さんだ。

又平は、泣けてくるほどにそう思う。

久栄が嫁いでくると知って、又平は裏手の善兵衛長屋に移り住んだ。

手習い道場は、かつてお咲が入門した時に、父・田辺屋宗右衛門が、その拵え場にと、物置になっていた二階部分を改修してくれたので部屋にゆとりもある。

「出ていくことはないさ」

と、栄三郎は止めたし、話を聞いて久栄も、

「又平殿がいてくださると楽しみにしておりましたのに」

と、彼女もまた共に暮らすことを望んだのだが、又平は嬉《うれ》しさに涙ぐみながら、

「あっしは前々から、旦那が御新造さんを迎《むか》えたら、ここを出るつもりでおりましたから。それに、出ていくといったって、裏手の善兵衛長屋ですぜ。ひょいと塀《へい》を乗り越えりゃあ、十《とお》も数えねえうちに、ここへ来れるってもんじゃあねえですか」

あくまでも、裏の長屋に移ると言って聞かなかった。

又平にとって、善兵衛長屋の連中は身内も同然で、軽業《かるわざ》の見世物小屋にいる頃からの兄弟分である駒吉《こまきち》が、十数年ぶりに邂逅《かいこう》したおくみという裁縫《さいほう》師匠と先頃目出たく所帯を持ち、南八丁堀《みなみはっちょうぼり》に越したので、ちょうど一軒空《あ》きが出ていた。

手習い所の手伝い。剣術道場の門人・雨森《あまもり》又平。そして取次屋の番頭――。

この先も、この三つの顔を持つことに変わりはない。

食事は三食とも手習い道場で食べるよう厳命を受けているので、長屋には寝に帰るだけの暮らしだが、それでも栄三郎が所帯を持ったことで、何やら自分も独り立ちしたみたいな気になり、これはこれで心地《ここち》よかったのである。

朝から手習い道場に出仕《しゆつし》して、久栄と共に茶粥を拵え、三人で朝餉をとる。

今までのように、男二人での馬鹿話、与太話は出来ないけれど、又平も三十を過ぎて分別もつく頃となった。

久栄がいることで、朝からほのぼのとした心地になり、又平が部屋を片付けるのとは違う調度の配置や、何気なく飾られた一輪の花が、つい先頃まで暮らしていたこの家を、どこかへ越したかのような味わいに変えていた。

そのうちに手習い子がやって来ると、文机《ふづくえ》を出してやったり、悪戯《いたずら》する子を肩に抱えあげて、かわいがりつつ叱《しか》りつけたりするのが又平の役目だが、

「よくできましたねえ」

久栄は、習字を見て廻《まわ》るのを新たな日課として手習い子に接した。

自《おの》ずと手習い所の中も明るくなり、秋月栄三郎の手習い師匠としての株は大いに上がった。

手習い子が一旦《いったん》、中食《ちゆうじき》をとりに帰ると、その少し前から久栄は座を外し飯を炊く。

菜は干物であったり、豆腐《とうふ》や油揚げと旬《しゅん》の野菜を煮た物などが、味噌汁《みそしる》と共に膳《ぜん》にのぼり、

「御新造さん、そいつはあっしがやりますから、どうぞ旦那に飯を……」

などと和気藹々《わきあいあい》と温かい飯を食べ、やがて手習いがすべて終り、手習い所が剣術の稽古場に変わると、久栄は邪魔にならぬようにと、通り庭となっている土間を挟《はさ》んだ自室に入って繕《つくろ》い物などをした。

夜になると、まだ暑さが残る宵《よい》のこと。井戸で冷した酒が美味《うま》い。ああでもない、こうでもないと一杯やりながらの会話が弾《はず》み、久栄は焼き茄子《なす》に奴《やっこ》豆腐、煮蛸《にだこ》などを拵えて小宴に付合い、最後は漬物で茶漬を啜《すす》る。

「そんならあっしはそろそろ帰りやす」

そうして折を見て又平は、手習い道場を出るのだ。

その後は、気が向けばふらりとどこかで一杯やってから長屋へ戻る時もあるが、この日は久栄が席を外した隙《すき》に、

「又平、お前がいてくれてよかったよ。久栄と二人だけじゃあ、どうも間が持たねえところだ。久栄もお前がいるから皆と馴染み易《やす》いし、毎日が楽しくなると言っているんだ。ありがとうよ……」

栄三郎にこんな言葉をかけられて気分がよくなり、いささか呑《の》み過ぎた。

――すぐに帰って水飲んで寝るか。

又平は、長屋の露地木戸《ろじきど》を潜《くぐ》った。

近頃はあれこれと考えさせられることが多かったので、ほろ酔いがこの上もなく心地よかった。

もう長いこと秋月栄三郎の乾分《こぶん》となって共に暮らしているが、栄三郎が所帯を持てば今までのようにはいかない。

さぞかし寂《さび》しくなるだろうと思っていたが、久栄が来てから、自分は秋月家の身内なのだという想《おも》いがより一層確かなものとなっていた。

――ほんとうに好い御新造さんだ。

又平は、何度もその言葉を心の内で呟《つぶや》いて、

――若はできねえのかな。

栄三郎と久栄の間に子は授《さず》からないものかと、夜空に願った。

久栄はかつて苦界に身を置いていたことがあると栄三郎から聞いていた。その上にもう三十を過ぎている。

栄三郎とて、もう四十に手が届く歳である。

今から子を生《な》すのは難しいのかもしれないが、

——おれは二人のお子が見てみてえなあ。男だったら何かと悪さをして、旦那が叱りつけるのをおれがかばってやったりしてよう。〝又小父《おじ》さんは話がわかるや〟なんて言われておれが〝調子に乗るんじゃあねえや〟なんて言って、こうでこをぽーんとはたいたりしてよう。女だったら大変だぞ、御新造さんの子だからきっと縹緻《きりょう》よしに違《ちげ》えねえや。そんなのが娘になって、〝ちょっと又小父さん、お願いがあるの〟なんて、甘ったるい声を出して甘えてきたら、もうどうするんだよう！

ニヤニヤが止まらない。

「どうしたんだい、ニヤニヤとして」

路地で身もだえをしていると、呼び止められた。

「な、何でえ、竹造《たけぞう》じゃあねえか」

いつの間にか、又平の傍《かたわ》らに、長屋の住人の竹造がいた。

手習い所に通っていた彼も十六になっていた。父・彦造《ひこぞう》について筆職人の見習いをしているのだが、小癪《こしゃく》なのは今も同じで、巧《たく》みに抜け出して夜遊びをするのだ。

「何か好いことでもあったのかい」

「うるせえ。お前こそこんな時分までどけえ行ってやがったんだ」

「堅《かた》いこと言うなよ。又小父さん」

「又小父さん？　お前に呼ばれたくねえよ……」

口を尖《とが》らせると、どこからか赤子の泣く声がする。

「あれ？　小父さん、赤ん坊の泣く声がするよ」

竹造がきょとんとして辺りを見回した。

「赤ん坊？　今この長屋には赤ん坊なんかいねえよ。空耳《そらみみ》じゃあねえのか」

「いや、空耳じゃあねえや」

耳を澄ますと、泣き声がする。

「やはり赤ん坊が泣いているぜ、又小父さん……」

「又小父さんはよせ。だがそういやあ泣き声がするな。いってえどこから聞こえるんだ。薄気味が悪いぜ」

又平と竹造は、しばし長屋中を見回したが、そのうちに泣き声が大きくなっていた。

それにつられて、長屋の衆が一人、また一人と出て来た。

「又小父さん……」

「その呼び方やめろと言ってるだろう」

「おれが思うに、どうも又小父さんの家から泣き声が聞こえてくるような気がするんだがねえ」

「竹造、手前《てめえ》ぶっとばすぞ。おれがやもめだからってからかうんじゃあねえや」

「いや、からかってなんかねえよ」

竹造が口を尖らせると、大工の留吉《とめきち》の女房おしまが又平の傍《そば》へと来て、

「又さん、竹ちゃんの言う通りだよ。あんたの家から聞こえてくるよ」

「そうかい……?」

まるで気にする様子がなかった又平であるが、竹造だけでなく、長屋の連中が気にし始めると放っておけなくなった。

家の前に立つと、明らかに中から赤子の泣く声がする。

「確かにおれの家だ……」

がらりと戸を開けると、暗がりに小さな赤子が麻《あさ》の産着《うぶぎ》に包《くる》まれて泣いていた。

「いけねえ、誰かが捨てやがったな」

しばし又平は、口をぽかんと開けて、しげしげとその子を眺《なが》めていた。

二

長屋は大騒ぎとなった。

何かの折には、住人達の集会場になる手習い道場には、続々と住人達が集まって来た。

手習い所兼剣術の稽古場である十五坪《つぼ》ばかりの板間に、彼らは又平を囲んで思案した。

又平の腕の中には、件の産着に包まった赤子がいた。

赤子は男子で捨て子のようだ。又平は、この赤子を放っておけず、誰かに預けてしまえばよいのであろうが、面倒を見ずにいられなかった。

とはいっても、

「又さん、それはまずお町《まち》に届け出て、何とかしてもらわないと、手前の家に置かれていたからって、素直に引き取る馬鹿はいないよ」

まず大家の善兵衛が言った。

これに長屋の一同は皆相槌《あいづち》を打った。

住人達は、又平がかつて、浅茅《あさじ》ヶ原《はら》の西方にある総泉寺《そうせんじ》の裏の濡《ぬ》れ縁《えん》に捨てられていたところを、軽業一座の仁兵衛《にへえ》という親方に拾われて育ったという過去を知っている。

それだけに、捨て子を見れば放っておけない又平の想いを理解出来て、尚気《なおき》を揉《も》むのである。

「皆、心配してくれるのはありがてえが、何かの縁でおれの家にこの子は寝かされていたんだ。まず面倒を見てやりながら、捨てた親の行方《ゆくえ》を捜してみようと思うのさ」

又平はそう言って頰笑《ほほえ》むと、

「まあ、面倒見るに当たっては、皆の力を借りてえと思っているんだが……」

一同に頭を下げた。

秋月栄三郎は、久栄と共に、今はぐっすりと眠っている赤子の愛らしい顔を覗《のぞ》き込みながら、

「又平の言う通りだな。縁があって舞い込んできたんだ。面倒を見るだけ見てやって、親を捜してやって、それで埒《らち》が明かねえとなればお町に相談してみるか」

と、溜息《ためいき》交じりに言った。

一同も溜息をついて頷《うなず》いた。こうなることは予想がついていた。

　秋月栄三郎の友達を自任している、南町奉行所定町廻り方《じょうまちまわりかた》同心・前原弥十郎《まえはらやじゅうろう》は、子供についての蘊蓄《うんちく》をやたらとひけらかすが、それもそもそもが子供好きゆえである。

　自分自身、幼な子を持つ身であるから、親身になって相談に乗ってくれるはずだ。

子供達も大きくなり、赤子が珍しい住人達は、少しの間ならこの子を構ってみたくもあった。

　栄三郎は、そんな住人達の心の内がわかるだけに、おもしろ半分に長屋の連中が、又平の家を訪ねてあれこれ世話を焼き始めると、いささか面倒なことになると察して、

「又平、お前にはおれの側で、あれこれ働いてもらいてえこともある。その子にかかりきりになるわけにもいくまい。落ち着くまでは、ここで暮らせばいいさ」

　と、力強く言った。

　長屋の連中もこれに従うしかなかった。

「まあ、そんなわけで、おれも久栄も慣れねえことだから何かというとかみさん達の助けを借りることになるが、そん時は頼んだよ」

　栄三郎は、そう言っておしま、おたえ達、長屋の女房をにこやかに見廻した。

ここに嫁げば、あれこれおもしろいことも起きようとは思っていたが、早くもそれが捨て子騒動となって持ち上がるとは――。

久栄は何とも感慨深かったが、赤子の寝顔を見ていると、自分と共に縁あってこの地にやって来た肉親のような気持ちが湧《わ》いてきて、

「それにしても、こんな子をいったい誰が置き去りにしたのでしょうねえ」

と、嘆息《たんそく》した。

久栄が瓜実顔《うりざねがお》に憂《うれ》いを浮かべると誰もが切《せつ》なくなる。

彼女にはそういう独特のはかなさがある。

だがそれは、決して人に暗く沈んだ印象を与えず、澄んだ気持ちを起こさせるので、皆一様にこの哀《あわ》れな赤子が幸せな成長をとげられるようにと祈らずにはいられなかった。

だが、感傷は時に人の勢いを止めてしまう。

栄三郎はそれを恐れて、

「又平、本当のところはどうなんだい。お前どこかに好いのがいて、知らねえ間にその子ができていたんじゃあねえのかい」

ニヤリと笑ってからかった。

「よしてくだせえよ。あっしにそんな甲斐性《かいしょう》があるわけねえでしょう」

泣きっ面《つら》を見せる又平の様子がおかしくて、たちまち一同は笑い合った。

その途端《とたん》、赤子が目を覚まして泣き出した。


その日から、又平と栄三郎、久栄夫婦の子育てが始まった。

ふっくらとして、玉のような赤ん坊であることから、とりあえず名は〝玉太郎《たまたろう》〟とした。

子育てを経験した女房達の談では、首がすわりつつあるから、生後三、四ヶ月というところで、貰《もら》い乳《ちち》と並行して、重湯《おもゆ》などを与えてもいいだろうとのことであった。

又平は、久栄に玉太郎を託《たく》すと、方々に貰い乳をさせてくれる女を探し歩いて、久栄は重湯の工夫をした。

夜泣きをする時もあるので、又平は久栄と栄三郎に迷惑はかけられないと、夜は二階の部屋で玉太郎と並んで寝た。

「おい又平、あんまり根を詰《つ》めるんじゃあねえぞ」

栄三郎は、又平を気遣《きづか》ったが、

「なに、あっしもこうやって、育ててもらったのかと思うと、親方の恩が改めて身に沁《し》みましてねえ」

又平は、懸命に玉太郎の面倒を見た。

久栄はそれを手伝いながら、良人《おっと》が片腕にしている又平という男の人となりを知り、

「栄三さんは、好いご家来をお持ちになりましたねえ」

つくづくと言った。

栄三郎は〝旦那さま〟と呼ばれるのがどうもまどろこしくて、又平だけしかいない時は〝栄三さん〟と呼ばせている。

「ああ、ほんに好い奴だ。おれなどといるから、なかなか浮かび上がれぬが、あの男には本当の幸せを摑《つか》んでもらいたいと願っているんだ。願う前に、お前がしっかりしろというところだがな」

栄三郎が苦笑いを浮かべると、

「いえ、あの人は栄三さんと一緒にいるのが何より幸せなのだと思います」

久栄は神妙な表情となった。

「わたしがここへ嫁ぐのに当たって、栄三さんと又平さんの間が窮屈《きゅうくつ》になるのではと、それが気になって仕方ありませんでした」

「何を言っているのだ」

「いえ、お聞きください。わたしは栄三さんの妻でいることに満足しております。わたしを気にかけて、又平さんとの付合いが変わってしまってはそれが何よりも辛《つろ》うございます。どうか、今までのお二人でいてくださりませ。それが何よりのわたしの望みでございます」

久栄は訴えるように栄三郎を見つめた。

「うむ、わかった」

栄三郎は、未だに久栄に見つめられると照れてしまう。

「おれと又平の傍にいると楽しいぜ」

わざとおどけてみせて久栄を笑わせた。

ほのぼのとした夫婦の一時であるが、栄三郎もじっとしてはいられなかった。

「そんなことより久栄。又平は玉太郎の面倒を見るのに精一杯ってところだが、あの子の親に心当りはないのかねえ」

「それはまったくないようですね」

「長屋の連中は、又平が留守がちなのを知っている奴が、捨てていったと見ているが、そうなると、玉太郎の母親はこの近くに住んでいる女かもしれぬな」

「左様《さよう》でございますね」

「久栄はどう見る？」

「あの子の母親は、どうしても我が子を育てられなくなって泣く泣く捨てたのでしょう」

「又平なら捨てた子供を大事に育ててくれると思ったわけだな」

「はい」

「となると、又平のことをよく知る女が、又平のやさしさに付け込んだというわけか」

「わたしはそのような気がします」

「そんならことの外《ほか》、早く見つかるかもしれぬな」

「見つかったら、あの子は親に返すつもりですか？」

久栄は不安そうな顔をした。子供を捨てるような親に返したとて、玉太郎の先行きは暗澹《あんたん》たるものではないか。

僅《わず》か数日であるが、世話をするうちに久栄自身も玉太郎に情が移っていた。

「さて、それはわからぬが。いずれにせよ、親が誰なのか知っておきたいし、こっちも大騒ぎさせられたのだ。黙ってはいられまい。それに、できるものなら生みの親と暮らしていく方が玉太郎のためではある」

「では、取次屋の出番というわけですね」

「ああ、お前にも手伝ってもらうかもしれぬぞ」

「はい、喜んで！」

「ふふふ、それはありがたい」

「何といっても、取次屋の女房ですから……」

三

大変な迷惑を被《こうむ》ったはずの又平であったが、その様子はというと随分《ずいぶん》楽しげに見えた。

玉太郎に手間は取られるが、それが却《かえ》って一日の充実を呼ぶのか、手習い所の用などもてきぱきとこなし、

「旦那、御新造さん、玉太郎が〝ぶーぶー〟なんて言ってますぜ。〝いつもすまないねえ、又小父さん〟なんて言っているんですかねえ」

玉太郎が、言葉にもならぬ声を発すると、嬉しそうにいちいち栄三郎と久栄に報《しら》せ

に来たものだ。

久栄も又平を手伝い、仕事の合間に玉太郎を預かると、栄三郎の傍へと連れてきて、

「おしまさんが言うには、これくらいの子は、気に入らないことがあると、大声で泣いたりするそうですが、この子はいつもにこにことして、大きくなったら立派な人になるのではないでしょうか」

などと、かわいがることこの上なかった。

又平と実によい間合で、交代して面倒を見る姿を眺めていると、

「何だか、又平と久栄が夫婦みてえだな」

少し妬《や》ける栄三郎であったが、情の深さは彼もまた誰にも負けない。

「おう、又平、ちょいと貸してみろ」

などと、玉太郎を抱き上げてあやす回数が増えていった。

「いけねえ、いけねえ……」

栄三郎は何度も首を振った。

夏の初めに、おえいという娘が栄三郎の隠し子ではないかという疑惑と共に、この家に転《ころ》がり込んできた。栄三郎は戸惑いながらも、

「おえいを我が子として育てよう」

と、すぐに情が移ってしまい、結局は悲しい別れをしたばかりであったのに、今度は又平が拾った赤子が、かわいくて堪《たま》らなくなってきた。

「もう、いっそこの手習い道場に置いて、おれと久栄の養子にして、又平と三人で育てていきゃあいいぜ」

などという言葉は、もう喉《のど》の辺りまで出かかっている。

それでは物事の何の解決にもならないのである。

栄三郎は、玉太郎が来てから三日目の夕方となって、

「ちょいと出てくる」

と言って、玉太郎を又平と久栄に任《まか》せて家を出た。

目指すは南八丁堀の駒吉の住まいである。

栄三郎が久栄と夫婦になったその少し前に、駒吉はこのすぐ近くに裁縫指南の稽古場を構えるおくみと所帯を持った。

おくみは、町人学者から御家人《ごけにん》株を買い武士となった父に従い、婿養子をとらされたが、不実な夫から逃れて、娘のおふうと共にこの家に移り住んでいた。

駒吉はおくみがあらゆるしがらみから解き放たれた後、善兵衛長屋から、母娘《おやこ》が暮

らす家に越して来たのだが、娘のおふうもよく懐《なつ》き、瓦《かわら》職の仕事も順調で、今は真に幸せいっぱいの様子であった。

かつて又平とは、同じ軽業一座で共に育ち、自分もまた捨て子であったことから、兄弟以上の絆《きずな》を持つ駒吉であるが、

「あの野郎、所帯を持ってから寄りつきもしやがらねえ」

近頃は又平を怒らせていた。

この度《たび》の捨て子騒動では、一度又平の様子を見に手習い道場を訪れたが、

「栄三の旦那も、まだ所帯をお持ちになったばかりだし、ちょいと落ち着くまでの間は遠慮しようと思っております」

などと言って、

「又、お前の気持ちは痛いほどわかるよ。まあ、色々大変だろうが、仁兵衛の親方の恩を思い出して、何とかしてやってくんな」

又平にはそう言い残して帰っていた。

「ふん、調子の好いこと言いやがって……。なあ玉太郎、お前は大きくなったら、あんな薄情な男になるんじゃあねえぞ」

又平は、玉太郎に気がいっているので、その時はまったく駒吉を相手にしなかっ

た。

　しかし栄三郎は、駒吉を捕えて、

「駒、お前も今は、毎日が楽しくて落ち着かねえのかもしれねえが、又平はあの調子だ、あれこれ手を貸してくんな」

　と伝えてあった。

　駒吉も、日々の幸せに浮かれて、義侠《ぎきょう》を忘れてしまう男ではない。

　この日、栄三郎のおとないを受けると、栄三郎の手習い子であるおふうの頭を撫《な》で、

「ちょいと先生に用があるから出かけてくるよ」

　おくみにひとつ頷くと家を出た。

「すまねえな」

「なに、あっしも男ですからねえ、顔が緩《ゆる》みっ放しでは馬鹿になっちまいますよ」

「そいつはおれもだよ」

　栄三郎は、ふっと笑った。

　所帯を持つということは、虎《とら》が大きな猫に変わってしまうことなのかと、日暮れの道を、どこかこそこそと男二人で歩くのが我ながらおかしかったのだ。

栄三郎は駒吉を、本材木町四丁目の料理屋〝十二屋《じゆうにや》〟に連れていって、軍鶏鍋《シャモなべ》で一杯やりながら、今度の一件に想いを巡《めぐ》らせた。

駒吉は、又平に対して軽くいなすような物言いをしたが、赤子を育てるのを楽しんでいるのが見た目にわかるだけに、今は機嫌よくさせておこうと思ったのだ。

もちろん、兄弟以上の仲である。何ゆえ又平の家に子が捨てられていたかについては、ずっと気になっていた。

「又平は、まったく身に覚えはねえと言っているんだが、果してそうだと思うかい」

栄三郎が切り出した。

「奴にとっては身に覚えがねえんでしょうかねえ」

「奴にとっては、か」

「もしも、誰か女のことなどを庇《かば》って知らねえふりをしていたとしても、又平のことだ、旦那だけには本当の話をしているはずです」

又平の栄三郎に対する想いはそれほどのものだと駒吉は言う。

「う〜む……」

栄三郎は、照れくさそうにして唸《うな》り声をあげた。

久栄が言うように、捨てたのは又平の人となりをよく知る者であろうと、駒吉も推量する。

「それでいて、又平には思いもつかねえ、か」

「いってえ誰なんでしょうねえ」

「おれにも駒にもわからねえとなると、こいつは厄介《やっかい》だなあ」

「まったくで……」

軍鶏は身が締《し》まっていて、ほどよい脂ののりとで、頬《ほお》が落ちそうになるほど美味い。

だが、首を傾げてばかりいると、その味もよくわからなくなった。

「こんなことは考えられねえか」

やがて栄三郎が口を開いた。

「又平のことが好きだったが、奴が唐変木《とうへんぼく》なもんだから気が付かねえまま終っちまった女が、それから色々あっておかしな男と一緒になって、子ができちまったってえのに育てられなくなって……」

「なるほど、それで又平を思い出して、あのやさしい男なら、何とかしてくれるんじゃあねえかと、そっと我が子を捨てた、てえことですね」

「ありそうな話と思わねえか」

「十分考えられますねえ。だが、そうだとしたら、子を捨てた後、女はどうするつもりなんですかねえ」

「邪魔になった子を捨てて、新しい男を見つける、そんな女であってほしくはねえな」

「まったくで。本当は又平の許《もと》に飛び込みたかったが、今さら合わせる顔もないし、ふん切りがつかなかった、そんな風に思いてえもんでさあ」

駒吉は、盃《さかずき》の酒を呑み干して太い息を吐いた。

「ですが、どこからか身投げなどして、もう死んでいるかもしれませんねえ」

「おれは、まだ生きていて、未練を残してこの辺りをうろうろしている。そう思いたい。駒、又平がこの二、三年の間に関わり合いになった女の中で心当りはないか」

「さて、あっしよりも、旦那の方がご存じじゃあねえんですかい？」

「それが多過ぎて、おれも思いつかねえんだよ」

栄三郎も嘆息した。

又平とはもう長い付合いで、身内のようなものだ。女の話もよくしたし、又平が熱をあげているという娘を、そっと見に行ったりもした。

だが、又平は熱しやすく冷めやすく振《ふ》られやすくで、栄三郎の知らぬ間に、恋が終ってしまっていることは何度もあった。何度もあったから尚さら、怪《あや》しい女の顔が浮かんでこないのだ。

それは駒吉も同じであった。

「中には、おれも駒も知らねえところで、こっそりと会っていた女がいたのかもしれねえな……」

「そうかもしれませんが、そのうちの誰の子供かなんて、又平もまるでわからねえんでしょうよ」

「うむ、そうだな……」

男は自分の子でさえ、よくわからないのだ。かつて関わりのあった女の子かどうかなど、わかるはずもない。

しばし二人は頭を抱えたが、

「こうなったら、玉太郎の顔をじっくり見るしかありませんね」

駒吉がぽつりと言った。

「玉太郎の顔をじっくり見るだと？」

「そうして、玉太郎の顔に見覚えがねえか、考えるんですよ」

「なるほど、お前の言う通りだ。考えてみれば、あの子の顔が何よりの手がかりだ。

駒吉、お前好いこと言うじゃあねえか」
「へへへ、こう見えても、あっしは女房、子供のいる身ですからねえ」
駒吉は胸を張った。
「よし、帰ったら、じっくりと玉太郎の顔を見てみようよ」
栄三郎は何度も頷きながら、軍鶏の身を口に運んだ。
やっと味が舌に戻った。嚙《か》み締めるうちに玉太郎の面影《おもかげ》が浮かんできた。
――そういえば、どこかで見たような気もするな。
しかし、それが誰だったのかは思い出せない。
心当りが思いついた時は、調べるのを手伝ってくれるよう駒吉に告げると、互いに
その日は家に引き上げた。
家では、又平が玉太郎を寝かしつけていた。
栄三郎は、すやすやと寝入った玉太郎をじっと見つめて頭を捻《ひね》った。
――確かに、誰かに似《に》ているような気がする。
次の日も、暇《ひま》が出来ると玉太郎の顔を覗き込んでみた。
又平は、栄三郎がますます玉太郎がかわいくなって仕方がないのだと捉《とら》えて、嬉し
そうにしたが、駒吉との話をそっと伝えてあった久栄は、

「誰かの顔が浮かびましたか？」

と、栄三郎に囁《ささや》いた。

「それが、誰かに似ているのは確かなんだが、そいつが思い出せないのだよ」

うんうんと唸っていた栄三郎であったが、日が暮れてきて、家の近くを通るそば屋の売り声を聞くうちに、はたと膝《ひざ》を打って、

「そうだ。あの娘だ。あの娘に似ているんだ」

ニヤリと笑った。

四

翌日、手習いは休みであった。

「ちょいと野暮用《やぼよう》を思い出したよ」

昼になって栄三郎はふらりと家を出た。

もちろん、〝そば〟で思い出したある娘の消息を確かめるためで、久栄には、

「少し気になることを思い出したので、様子を見てくるよ。又平にはまだ内緒にしておいておくれ」

と、言い置いた。

野暮用などと言うと、

「旦那、何ですよう、ちょいと聞き捨てなりませんねえ」

又平は必ずすり寄って来て、自分も話に嚙もうとしたものだが、今は玉太郎の養育に忙しく、

「へい、お気をつけて行ってらっしゃいまし」

と、言葉をかけて送り出すばかりだ。

互いに所帯を持てば、そういう間合が生まれるものなのだろう。栄三郎は一抹《いちまつ》の寂しさと共に、久栄が来て自分が手習い道場を出ていくと誓った時、又平にも同じ寂しさがあったのかもしれないと思いいたり、何ともいえぬ切なさに襲われた。

栄三郎が向かう先は、深川永代寺門前町《ふかがわえいたいじもんぜんちょう》である。

そこに〝ひょうたん〟というそば屋があるのだ。

そば屋ではあるが、魚や煮物などの肴《さかな》も充実していて、こざっぱりとした料理屋の風情《ふぜい》のあるところだ。

随分前のことになるが、又平はこの店の女中・およしに熱をあげていた。

ふっくらとした顔立ちで、目尻《めじり》が少したれたところが愛らしい娘であった。

栄三郎は何度か付合わされた。その時は、又平がいかに好い男であるかを店の中で言いたて、又平の恋の援護をしてやったものだ。

又平自身、およしを町の破落戸《ならずもの》から守ってやったりしたので、およしの方も満更《まんざら》でもなかったようなのだが、女といるより秋月栄三郎とつるんでいるのが何よりも楽しいという又平である。

せっかくおよしの気をひいても、肝心《かんじん》なところで決め手にかけて、結局およしは、確か小間物屋の行商と一緒になり、大いに又平を落胆させたはずである。

栄三郎は、玉太郎の顔にそのおよしの面影を覚えたのだ。

又平が惚《ほ》れ込んだ他の女のことはそれほど知らない栄三郎であるが、およしだけは何度も顔を合わせているから、目を瞑《つむ》ると彼女の容貌《ようぼう》ははっきりと頭に浮かんでくる。

あのおよしが子供を捨てたとは俄《にわか》に信じ難《がた》い。それゆえ栄三郎は端《はな》から思いもしなかったのだが、一緒になった男が、およしと又平の昔を勘繰《かんぐ》り、そこから夫婦仲が悪くなり、男が腹いせに子を又平の家に置いて、どこかへ出ていってしまったと、考えられなくもない。

いずれにせよ、又平の過去と繋《つな》がる者は、一通り当たってみるべきであろう。

その頃のことを思って歩く永代寺門前は、妙に懐かしかった。

秋の外出は爽《さわ》やかである。

迷うことなく店の前まで来ると、打ち水をして小ぶりの燈台《とうだい》を置いている店の構えはあの頃のままであった。

そこで栄三郎は、とんでもないことを思い出した。

そういえばここに、おしげという女中がいたはずである。これが、又平の言うところの、

「大の栄三郎贔屓《びいき》」

で、何かというと栄三郎に寄って来た。

愛敬《あいきよう》があるのだが、栄三郎の目から見ると、おしげは〝子供が盥《たらい》の底に墨《すみ》でお多《た》福《ふく》の顔を描いた〟ような顔をしていて、我ながらおもしろい表現だと思うと笑えてきて堪らなくなる。

といって、女の顔を見て笑うような男は怪《け》しからぬと思うから、おしげと会ってもぐっと堪《こら》える。

しかし、笑ってはいけないと思うと、笑いが却って込み上げてくる。

それで、又平に付合ってやる時は、どれだけ苦労をしたか知れぬ。

――くだらないことを思い出してしまった。

がらりと戸を開けると、そこにおしげの顔があったらどうしよう。その時のことを頭に浮かべるだけで笑えてくる。

「駒吉を連れてくればよかった……」

堅気《かたぎ》の仕事の方が疎《おろそ》かになってはいけないと気を遣ったが、他ならぬ又平のことなのだ。

少々無理をさせてもよかったのだ。

そうすれば少しは気もまぎれたものを――。

ぶつぶつ言いながらも、こんなくだらないことで足踏みしている自分が情けなく、奥歯を嚙みしめて暖簾《のれん》を潜った。

「いらっしゃいまし」

小女が迎えてくれたが、見渡したところおしげはいなかった。

ほっと胸を撫で下ろすと、小上がりに腰を下ろして、かまぼこ、玉子焼、そばがきなどを酒と共に頼んで、ゆっくりと一杯やり始めた。

ほろ酔いに気分も和《なご》み、小女をからかいながら、

〝好いたらしい旦那〟

の風情を醸《かも》し、栄三郎は時分を過ぎて客もまばらな店内で、やたらと目立つ存在となった。

「ここのおやじさんは達者にしていなさるかい？」

久しぶりに来たので気になったと言うと、栄三郎の声を聞き付けた主《あるじ》の吾平《ごへい》が、板場の奥から出てきて、

「これは旦那、お久しぶりでございます」

と、恭《うやうや》しく礼をした。

「おや、覚えていてくれたのかい」

「当り前でございますよ、前に大層お世話になりました」

栄三郎は以前、破落戸に騙《だま》されて身を投げた吾平の姪《めい》の仇《かたき》を取ってやったことがあったのだ。

「随分と無沙汰《ぶさた》をしたな。堪忍《かんにん》しておくれ」

栄三郎は満面に笑みを湛《たた》えた。年々貫禄《かんろく》がついてくるだけに、彼の笑顔はますます人の心を摑む。

「とんでもねえ……。嬉しゅうございますよ」

吾平はわざわざ栄三郎の傍へ寄って、酒を注《つ》いでくれた。

「又平さん、でしたねえ。お変わりはございませんか」

「ああ、あいつはまるで変わっておらぬよ。あれで忙しくしていてな。ここから家まではなかなか遠いので、又平も無沙汰をしているようだな」

「また、お近くまでお越しの折は、寄ってやってください、と、お伝えのほどを」

「ああ、言っておくよ」

吾平は五十になるやならずのはずだが、顔には深い皺《しわ》としみが目立つ。ここ数年で随分と老け込んでいた。

「今店は落ち着いているのだろ。少しここに座っていっておくれ」

栄三郎は、吾平に酒を勧めた。

「畏《おそ》れ入ります。せっかくですから一杯だけちょうだいいたします」

吾平は畏《かしこ》まってこれを受けた。

思いの外話がし易く、栄三郎は嬉しくなってきて、

「時におやじ殿。娪御は息災《そくさい》かな？」

早速、およしに水を向けてみた。

「およし……、でございますか」

その名を口にした時、吾平の表情に翳《かげ》りが見えたのを、栄三郎は見逃さなかった

が、まるでこともなげに、

「ああ、そうだ、およしであった。姿が見えぬが、もうどこぞに片付いたのであろうな」

さらりと問うてみた。

「はい、お蔭《かげ》さまで去年片付きました」

「それはよかった。めでたいことじゃな」

「めでたいのかどうかわかりませんが。わたしは又平さんみたいな人と一緒になってもらいとうございました」

吾平は、又平がおよしに好意を寄せていたことは知っていたようだ。

「ははは、又平が聞いたら喜ぶよ。相手はどのような男なのだ？」

「へい。小間物屋でございます」

やはり、あの小間物屋と一緒になったのかと、栄三郎は少し落胆したが、

「小間物屋か。それなら又平よりよほど上等だ」

と、話を取り繕った。

「小間物屋にも色々ございますから……。ああ、余計なことを申しました。これからもまたお顔を見せてくださいまし」

吾平はそう言って恭しく頭を下げると、板場へと姿を消した。穏《おだ》やかな物言いの中に、何ともいえぬ寂しさがあった。

およしの嫁入りを、〝ひょうたん〟の主人はよく思っていない。それは確かである。今日のところはあれこれ嗅《か》ぎ回らずに引き上げようと、栄三郎はそれから二合ばかり呑み、かけそばで仕上げて勘定《かんじょう》を済ませた。その際、再び吾平が、

「これは何のお構いもできませんで」

と、挨拶《あいさつ》に出て来たので、あの、〝子供が盥の底に墨でお多福の顔を描いた〟ような顔をした女中・おしげのことも訊《き》いておこうと、

「今日はおらぬようだな」

と、声をかけると、吾平はたちまち明るい表情になって、

「おしげを覚えていてくださいましたか。まあ一度見ると忘れられない顔をしておりますからお心に留めていただいたのかもしれませんが」

と、楽しそうに笑った。

「あれも、めでたく片付きまして」

「片付いた？」

「はい。近くの料理人に見初《みそ》められましてね」

「料理人に見初められた？」

「人の好みも色々でございます」

「なるほど、さもあろうよ。ははは……」

栄三郎は、すぐに踵《きびす》を返して店を出た。

「あのおしげがねえ。ははは……」

これで〝ひょうたん〟を訪ねても会うことはない。ほっとしたと共に、おしげがどんな男と一緒になったのかを思うと、おかしくて堪らなくなり、見送る吾平に背を向けたまましばし笑いながら歩みを進めた。

笑いが収まると、

「さて、肝心のおよしだが……」

いつもなら、ここからは又平が店の周辺をあたって噂《うわさ》を仕入れるのだが、今度ばかりはそうもいかず、

――どうしたものかな。

栄三郎は思案した。深川には碇《いかり》の半次《はんじ》という香具師《やし》の元締がいるが、これくらいのことで頼ったら取次屋の名がすたる。

――とりあえず出直すとするか。

栄三郎は、永代橋へ向かって歩き出した。

〝ひょうたん〟の吾平の様子から見ると、およしには何かがあったようだ。栄三郎の心の内で、およしへの疑惑がまたひとつふくらんできた。

あの愛敬がよく愛らしかったおよしが子供を捨てるなど、ただの思い違いであってほしい。

――だが、女は男の巡り合わせで変わってしまうものだ。

どんなきっかけで、ガラリと変わってしまわんとも限らない。長く人と人との絆を結んできた栄三郎は、いやというほどそんな女の姿を見てきた。思えば何も珍しいことはない。

永代橋にさしかかった時であった。

「旦那、もうお帰りですかい」

向こうから駒吉がやって来て、息を弾ませて言った。

「何だ。駒、お前普請《ふしん》場に出ていたんじゃあねえのかい」

「さっさとすませて来ましたよう」

「そんなことをしていいのかい」

「あっしにとっちゃあ、取次屋の手伝いの方が大事でさあ。ましてや又平に関わることなりゃあ尚さらだ」

「親方をしくじっても知らねえぞ」

「なに、いざということがあっても、あっしの女房は裁縫の師匠ですからねえ」

「食うには困らねえってかい。だが、こんなことにかかずらっていると、ありがたい女房までしくじっちまうぞ」

二人は笑い合いつつ、橋の上であれこれ話し合ってから別れた。

もちろん駒吉は、〝ひょうたん〟のおよしについて探りに来たのである。

かつては道を踏み外し、この深川界隈《かいわい》で香具師の手先となって、あらゆる情報を集めた駒吉である。〝ひょうたん〟のおよしが、どのような経緯《いきさつ》で小間物屋と一緒になったか、それくらいの情報を得るのはわけもなかった。

「まったく、駒吉は好い奴だよ」

「栄三さんと、松田様のように、又さんとは仲がよいのですね」

「ふふふ、そんなところかな」

その夜、床《とこ》に入ってから、栄三郎は傍らに横たわる久栄に小声で語った。二階の一間からは、玉太郎の泣き声と、それをあやす又平の声が聞こえてくる。

駒吉は、その日のうちにおよしについての噂を聞きつけ、栄三郎にそっと報せてくれた。

およしが一緒になった小間物屋というのは梅次《うめじ》という男で、二年ほど前に深川へ来て、遊里のこととて方々に小間物の行商をし始めたという。

目鼻立ちのすっきりとした顔立ちで、なかなかに玄人《くろうと》の女達からの受けがよかったようだ。

〝ひょうたん〟には客で来ていて、人当りのよさと、女の扱いに長《た》けている梅次に、およしはすっかりと心を奪われたらしい。

そうして、一緒になると言い出したのだが、〝ひょうたん〟の主人を始め、周囲の者達は好い顔をしなかった。

梅次は、外面《そとづら》は好いものの、小間物についての知識は浅くいい加減で、己《おの》が男振りで女をたぶらかすような商法であるとの評判が立っている。

世の中の荒波にもまれて生きてきた者にとって、このような本業の他で生きる類《たぐい》は信用出来ないと、肌で覚えるのだ。

方々で、物持ちの女の懐《ふところ》に飛び込もうとしたが、それもうまくいかなかったようだ。

ところがある日、そんな日頃の姿勢をおよしに窘《たしな》められて、

「おれは心を入れ換えるよ」

と、誓ったそうだが、どうせ口先だけで、そういう言葉をもっておよしの心を摑もうとしたのだろうと、誰もが言い合った。

しかし、この人はわたしがきっと立派な男にしてみせる。わたしがいないとどうにもならないのだ、という想いがおよしを燃えあがらせた。

彼女は周囲の反対を押し切り、板橋《いたばし》でやり直しを誓う梅次に付いて、深川から出ていった。この時の〝ひょうたん〟の主・吾平の嘆《なげ》きは相当なものであったそうな。吾平には子がなく亡兄の子・およしと、妹の子・おしんを娘のようにかわいがってきた。このおしんというのが、破落戸に騙されて身を投げた姪で、吾平にしてみれば、おしんのみならずおよしまでもという想いが強かったのだ。

「吾平さんの気持ちは痛いほどわかります」

久栄は臥所《ふしど》を出て座り直して言った。

「吾平殿は、それでも梅次が本当に立ち直ることを信じて、およしにいくばくかの金を与えて送り出したそうだ」

「ありがたい話ですねえ」

「まったくだ」

「それで板橋へ行ってからはどうなのですか」

「何度か文《ふみ》が届いているようだ。楽ではないが、何とか夫婦で励《はげ》んでいる。石の上にも三年というから、今はそっと見ていてもらいたい。そんな風に書いてあったとか」

吾平はというと、

「本当に励んでいるかどうかは怪しいものだが、まず、見守ってやろうと思っておりますよ」

事情を知る者にはにこやかに応えているらしいが、その胸中は晴れぬようだ。

「明日は板橋にお行きになるのですね」

久栄は低い声で言った。

「ああ。そのつもりだ。場合によっては二、三日かかるかもしれぬ。手習いの方を頼みたいのだが……」

「承知しました。文の通りであればようございますね」

久栄はやさしい表情で頬笑んだ。

「そうだな……」

栄三郎は頬笑みを返したが、女房に行き先を問われると、緊張を覚えてしまうのは何故《なぜ》だろう。世の亭主達は皆同じなのであろうかと、心の内で思っていた。

五

「ちょっと剣術指南の口がかかって、浦和《うらわ》へ行ってくる。面倒な話だが、松田新兵衛がどうしてもというのでな」

栄三郎は又平にこのように告げて、翌朝から、板橋へと出かけた。

出立《しゅったつ》も、袖無《そでな》し羽織《ばおり》に野袴《のばかま》をはき、編笠《あみがさ》を被《かぶ》り、風呂敷《ふろしき》を襷《たすき》にかけ、いかにも旅の剣客《けんかく》といった姿であったから、

「旦那、そいつはよろしゅうございましたね」

又平は素直に喜んで、

「それより旦那、玉太郎の奴、あっしが飯を食っていると、口をもぐもぐさせて真似《まね》をしやがるんですぜ。食い意地が張っている分、大きくなるのも早いかもしれませんねえ」

などと嬉しそうに、玉太郎の成長ぶりを伝えた。さすがに栄三郎も呆《あき》れて、

「又平、子育てもいいが、久栄に預けて心当りを捜すのも忘れちゃあいけねえよ」

と、窘めた。

「そいつは重々承知いたしておりやすが、あっしにはまるで見当がつかねえんで、どこを当たりゃあいいのか……。どう思います？」

「お前が見当つかねえものを、おれがわかるわけはねえよ」

惚《とぼ》けた会話を交わして、旅発《だ》ったのだが、又平に玉太郎の親を捜す気はまるでないようだ。それどころか、親が現れてくれぬことを祈っているようにさえ見える。

その様子を眺めていると、板橋へ出かけるのが馬鹿らしくなってくるが、〝ひょうたん〟のおよしのその後を知りたくもあった。

少しでも早く片を付けたいと、栄三郎は道を急いだ。又平が玉太郎をかわいがればかわいがるほど、切なさに襲われる。

又平は好い男であるが、〝人の好いのも馬鹿のうち〟だと人から笑われないようにしてやりたいと栄三郎は強く思っている。又平がたとえ心から玉太郎をかわいがっていたとしても、又平の人のよさに付け込む者の意のままになるのが腹立たしいのだ。

白山《はくさん》権現の茶屋に立ち寄ると、そこに駒吉がいた。こちらも、道中合羽《がっぱ》に笠、振分荷物という旅の出立《いでた》ちでゆったりと煙管《キセル》で煙草《たばこ》をくゆらせている。二人はここで待ち合わせていたのだ。

「早かったな」

「今着いたばかりですよ。何やら気が焦っちまいましてね」

「そいつはおれも同じさ。まず板橋に宿を取って、ゆっくりと捜してみるか」

「へい……！」

駒吉はしかつめらしく頷いた。目の奥には無二《むに》の友を思う強い光が宿っていた。

昨日の駒吉の調べでは、板橋のどの辺りに住んでいるかまではわからなかったが、梅次は宿場の内でせっせと小間物を売り歩いているというから、方々で問えばわかるだろう。

「仕方がないな。お前と二人で板橋へ行くというのに、ここは二手に別れて、それぞれが旅籠《はたご》を取って、明日の朝話を持ち寄るってえのはどうだ」

栄三郎は、中山道《なかせんどう》を駒吉と歩きながら策を告げた。

「仕方ありませんねえ。そんなら旦那もあっしも、少しでも人の出入りのある賑《にぎ》やかなところに宿を取って、梅次って野郎の噂を聞き出しますかい」

二人は、〃仕方ない〃を繰り返しながら、板橋の宿へと入った。

板橋は、江戸四宿のひとつで、中山道において、日本橋《にほんばし》から数えて最初の宿場として大いに栄えていた。

何といっても、ここには飯盛女が大勢いる。これを目当てに江戸府内から遊びに来る客も多かった。

そういう客に、女への贈り物に小間物を勧める。梅次はそれを狙《ねら》ったようなので、飯盛女のいる食売旅籠《めしうり》に泊まってあれこれ問えば梅次の様子は容易《たやす》く知れるはずである。

調べのために、飯盛女とよろしくやることも〝仕方ない〟ことなのであった。

栄三郎と駒吉は、すぐに宿場に着いた。そこで二人でそば屋に入って中食をとり、そこから別れて旅籠に宿りをした。

それから二人はそれぞれ慌《あわただ》しく賑やかな一日を終え、翌朝は旅籠を出て、江戸寄りにある休み処《どころ》で再び落ち合った。

昨夜は梅次の調べでそれなりに楽しい想いをしているはずだが、二人の表情は硬かった。

互いに顔を見るなり、同じ情報を得たことがわかるほど、梅次についての評判はろくでもないものであった。

確かに、板橋に梅次という小間物の行商はいたらしい。旅籠の女中や主人、飯盛女に亘《わた》るまで、多くの者がその名を覚えていた。

ほどがよく、人当りもよく、男振りもよいことから、一時は男女問わず客が付いた。その女房というのも、懸命に梅次の肩助けをして、

「あの梅次という男は調子が好いところもあるが、女房を見ているとおかしな奴とは思えない」

との評判が立っていたようだ。

この女房というのが、およしであることは間違いない。

ところが、梅次はよく出来た女房が疎《うと》ましいのか、何かというと辛《つら》く当たっていたという。

「おれの女房ってえのが、繁盛《はんじょう》しているそば屋の娘でね。一緒になってくれというから女房にしてやったのに、持参金というと僅かばかりの目くされ金でね。その金だって、おれにはまるで握らせてくれねえとくらあ。これだから素人《しろうと》の女は困りまさあ」

町にも馴《な》れて小遣い銭が出来ると、宿場のやくざ者とつるんでこんな愚痴《ぐち》を声高《こわだか》に話すようになり、小間物の行商もそっちのけで遊び始めた。

そのうちに、やくざ者の情婦と知らずに、料理屋の女将《おかみ》に手を出し、女房を捨てて姿をくらましてしまったという。

その後、女房の姿も見えなくなったから、亭主の不始末によって町に居られなくなったのであろうが、さらに話を聞くと、

「まだ生まれたばかりの子がいたはずだよ」

「駆《か》け落ち同然に出てきたから、商いを落ち着かせて、晴れて夫婦と認めてもらうんだ、なんて言ってたから、哀れなもんだよ」

「亭主のしくじりで一文無しになったと聞いたけどね」

「乳呑《ちの》み子《ご》を抱えて、どうしているんだろう」

「今さらどの面さげて、元いた家に戻れるってえんだよ」

「遅かれ早かれ、そんな話も実家《さと》に聞こえるだろうから、何と言ったらいいんでしょう」

　そんな言葉が次々と飛び出したのだ。

　こうなると、最早《もはや》板橋にいる意味もないので、二人共にすぐに家へ戻ることにした。

「駒、やはり玉太郎の母親は、およしのような気がするな」

「そう考えてもよろしいんじゃあねえですかねえ」

「何やら拍子《ひょうし》抜けだな。梅次のことは、板橋じゃあなかなかに知れ渡っているってえ

のに、深川のおやじ殿は知ってか知らずか……」

悲しい報せがくるような気がして、吾平はひたすら耳を塞《ふさ》いでいるのではなかろうか。心配させまいとおよしが嘘《うそ》を並べて送った文を信じようとして——。

「ひでえ話だ……」

駒吉は、栄三郎が思った以上に憤慨《ふんがい》していた。彼は、悪党の仲間に引き入れられ一年の所払いを命じられたことがある。又平がおよしに熱をあげ、振られてしまったのはちょうどその頃で、ゆえに駒吉はおよしを知らない。

話を聞けば気の毒だが、人の好い又平を袖にして、くだらぬ男と一緒になり、周りの者を泣かせた挙《あ》げ句《く》に、男には逃げられ、思い余って乳呑み子を又平の家に捨てたとしたら、

「許せねえ女ですぜ」

又平とは肉親以上の仲である駒吉がそう思うのは当然であるし、そんな梅次とおよしの間に出来た子を、又平が育てるのは馬鹿げた話ではないか。

しかし、玉太郎が真におよしの子であると知れたわけでもない。それに、およしの消息をこの先突き止めるのは並大抵ではなかろう。

「まったく苛々《いらいら》しますぜ。そうとはっきりすりゃあ、又平に話をして、この先は捨て

子としてお町の役人に相談をして、どこかへ里子に出すなりさせるものを……」

今は機嫌よく子育てをしている又平に、かつて惚れていた女の体《てい》たらくを伝えるのも気が引ける。

「梅次の野郎か、およしを取っ捕まえて、このけりだけはつけてやりとうございますよ」

帰りの道を辿《たど》る駒吉の怒りは収まらなかった。

「すぐに男と引っついて、すぐに子を孕《はら》んで、すぐに男と別れて、すぐに子を捨てちまいやがる。そんな女はくそったれだ……」

駒吉も又平と同じく捨て子であったから、許せぬ想いは誰よりも強いのだ。何も知らずに一所懸命に玉太郎を育てようとしている又平が何とも不憫《ふびん》ではないか。

栄三郎は、黙っていちいち相槌を打ちながら、駒吉の話を聞いていたが、

「梅次を見つけるのは容易いことじゃあねえが、遅かれ早かれ身を持ち崩《くず》して惨《みじ》めな目に遭《あ》うだろうよ。およしの方は、そのうち手前から顔を出してくるんじゃあねえかな」

「そうですかねえ」

「話の流れから察すると、もしおよしが子を捨てたとすれば、一度は我が子の様子を

見に来るとおれは思う」

「物陰からそうっと……、てところですかい」

「ああ、子供の様子を見たら堪らなくなって、涙のひとつも見せるだろうから、こいつは目立つぜ」

「だからといって、ずっと見張っているわけにもいきませんぜ」

「それもそうだな。ふッ、いずれにせよおれ達にできることは、又平の子育てを手伝ってやるくれえが関の山だな」

今の様子では、又平が子を手放すことは、余ほどのことがない限り考えられない。となれば、栄三郎と駒吉は何のためにわざわざ板橋へ出向いて、泊まりがけで調べなければならなかったのかということになる。

「それでもまあ、おれとお前が、こうして目星をつけていれば、又平のために何かしてやれるかもしれねえじゃあないか」

栄三郎は、軽く駒吉の肩を叩《たた》いて、帰りの道を急いだ。

二人共、物々しい旅姿である。行きはばらばらで帰りは一緒になっているのも何やらおかしいので、再び白山権現で一休みしてから別れ別れとなった。

「お早いお帰りで……」

手習い道場に戻ると、又平が玉太郎を抱きながら迎えに出て来た。久栄は手習い子が帰った広間で、あれこれ後始末をしているようだ。

「もう二日ほど剣術指南をしてくれと言われたが、何だか疲れちまってな。すぐに退散してきたってわけだ」

栄三郎は、玉太郎のふっくらとした顔を覗き込みながら言った。目を見開いて栄三郎を見つめる玉太郎を前にすると、すぐにでも抱き締めて頬ずりしたくなる衝動にかられる。

赤子の笑顔は、この世で一番人の心を和ませるものではないかと思えてくる。

「この子は相変わらず愛想《あいそ》がいいな」

栄三郎が人差し指で玉太郎の頬を突《つつ》くと、

「へへへ、まったくで。何にでも気を引かれて、すぐに口に入れようとするから困りものですぜ。昨日の晩なんか、転がっていた一文銭を口に入れようとするから、〝銭を食っちゃあ、こっちの身が持たねえぜ〟なんて笑っておりましたよ。ははは……」

大しておもしろくもない話をして、又平は楽しそうに笑った。玉太郎のことなら何でも笑えるのであろう。

「ちょいと、もらい乳をして参りやす。そこの炭屋の女房が出るわ出るわ、お前は乳牛か！　なんて笑っておりやしてね。お蔭でこっちは大助かりってわけで。ちょいと行って参りやす」

真に又平は上機嫌である。

見送ると、いつしか久栄が傍へ来て、

「お帰りなさいませ……」

甲斐甲斐《かいがい》しく栄三郎の旅装を受け取り、濯《すす》ぎを運んだ。

「ずっとあんな調子かい？」

栄三郎は、表で玉太郎をあやして高く持ち上げる又平を見て言った。

久栄はにこやかに頷いた。

「板橋では何かわかりましたか？」

「わかったようなわからぬような……。まあ、ゆっくりと話すよ」

二人は小声で言葉を交わしていると、外からは又平の弾んだ声がする。

「玉太郎、お前は好い目をしているねえ。ちょっとばかりたれたところがご愛敬だ。ははは、おっ母《か》さんに似たのかい？」

栄三郎は、それを聞いているうちに、もう何も言わずに、又平と共にあの子を育ててみるか、と思えてきたが、やがてはっと心に閃《ひらめ》くものがあって目を見開いた。

「どうかなさいましたか？」

小首を傾げる久栄を見つめて、

「久栄、又平の奴、どうも解《げ》せねえな」

「何が解せないのです？」

「奴は、端から手前の家に子が捨てられるのを承知していたのかもしれぬぞ。いや、きっとそうだ……」

じっと想いを馳《は》せる栄三郎の顔に、やがて赤味がさしてきた。

六

「へへへ、嬉しゅうございますよ。旦那に隠し事を見破られるなんてねえ……」

その夜のこと。栄三郎と居間で差し向かいの又平は、しんみりとして言った。

玉太郎は、二階で久栄が寝かしつけている。

二人の前には、久栄が拵えてくれた焼き茄子と鱸《すずき》の塩焼きがあった。

栄三郎がはっと心に閃かせたのは、又平が、

「玉太郎、お前は好い目をしているねえ。ちょっとばかりたれたところがご愛敬だ。

ははは、おっ母さんに似たのかい？」

と、何げなく発した一言であった。

そういえば、又平が玉太郎を二階であやしている時、何度か同じような言葉を聞いたような気がする。

「どうしてすぐに気が付かなかったのかねえ。お前が玉太郎の母親を、端から知っているってことをよ」

「面目《めんぼく》ありませんや、思わず、〝おっ母さんに似たのかい〟なんて口走ってしまうとはね」

又平が、まるで心当りがないと言い続けていたゆえに、栄三郎は玉太郎の顔におよしの面影があることにまだ気付いていないと思い込んでいた。

しかし、又平はとっくに、少し目のたれたところにおよしの面影を思い浮かべていたのだ。

それがおよしへの懐かしさと共に、うっかりと口をついたのであろう。

「玉太郎はおよしの子なんだな」

「へい、左様でございます」

「お前は、あの子を長屋で一目見た時から、そうだと気付いていたんだな」

又平は、申し訳なさそうに頷いた。

「今思えば、お前は随分と落ち着いていたものな」

「実は、少し前に、玉太郎を抱えたおよしに、京橋の袂《たもと》で会ったんでさあ……」

「そうだったのかい……。およしは、お前を訪ねて来たんだな」

「へい。旦那はもうおよしのことは大旨《おおむね》ご存じなんですよね」

「ああ、おれもお前に黙っていたが、駒吉と二人で板橋へ行っていたのさ」

「駒吉と……」

「おれも駒も、お前が心配でな」

「申し訳ございません。いずれ、そっくり打ち明けようと思っていたのですが、とんだ手間をとらせちまいました」

「なに、おれも駒も、所帯をもって早速、女房に内緒で遊ぶことができたよ」

「そいつはよろしゅうございました」

二人はふっと笑い合った。それがよい間となり、茄子と鱸でほどよくまわってきた酒が口をなめらかにした。

「およしは、やつれ果てておりました……」

逃げるように板橋を出たおよしは、途方《とほう》に暮れて江戸の町をさまよううちに、気が付けば京橋の上にいた。かつて自分に想いを寄せてくれて、何度かそっと危ないところを助けてくれた又平が、この橋の袂の手習い所にいることを思い出したのだ。訪ねればきっと親身になって話を聞いてくれるに違いない。又平が慕《した》う秋月栄三郎という手習い師匠は、剣客で取次屋なる看板をあげている頼りになるお人である。

その想いが彼女の足をここへと向けさせた。

しかし、自分に想いを寄せてくれていると知りながら、およしは又平の心に応えず梅次のような男と一緒になってしまった。

それを思うと又平を訪ねる勇気はなかった。乳呑み子を抱えてさまよう自分を見られたくもなかったし、およしは、しばし京橋の袂をうろうろとした。いっそ橋からこの子と一緒に飛び込んでしまおうかとも思ったが、そうするうちに、これも縁が残っていたのだろうか、橋の袂を又平が通りかかったのだ。

呆然《ぼうぜん》と又平を見つめるおよしに気付いて、又平はすべてを悟った。およしが一緒になった梅次という小間物屋についての噂は、又平の耳にも入っていた。

秋月栄三郎に付いて、あらゆる人の絆を繋げてきた又平である。およしのやつれた姿と、思い詰めた顔を見れば、すぐに想像はついた。

「久しぶりだねえ。かわいいのを連れているじゃあないか」

又平はことさら明るく振舞っておよしに話しかけた。その途端、およしは張り詰めていたものが切れたのだろう、その場に屈《かが》み込んで涙にくれた。

又平は、およしのその姿を人目にさらしたくなかったので、すぐに比丘尼《びくに》橋の袂にある茶屋へ連れていった。そこは、銭を足せば小座敷を用意してくれるところで、

「坊や、お父《と》っさんとおっ母さんと一緒でいいわねえ……」

などと、女中の余計な言葉に送られつつ、三人は一間に収まった。玉太郎の愛くるしい顔を見ると、恋敵との間の子というのに、父親と間違えられても嫌《いや》な気はしなかった。

濃い茶で気持ちを落ち着けさせて、

「何があったか教えておくれ」

又平はおよしにやさしく問うた。

ぽつりぽつりと語るおよしの話は、栄三郎と駒吉が仕入れたものと同じであった。

「そうかい、そいつは大変だったなあ。だが梅次の野郎をとやかく言ったところで仕方がねえや、まずこの子のためにお前がしっかりしねえとな」

又平がやさしく労《いたわ》るたびにおよしは泣いた。

「又平さんの気持ちを知りながら、わたしはどうして、あんな男の許へ……。それを

思うとお前さんに会えた義理じゃあないのはわかっています。でも、ほんの一刻《いっとき》でもいいから、誰かのやさしさにもたれかかってみたい……。そうしないと、わたしはおかしくなってしまいそうで……」

「おれに会うのに何の遠慮がいるもんかい。おれは確かにおよしちゃんにほの字だったよ。お前に会いたい一心で、何度深川までそばを食いに行ったことか……。だが、おれはここ一番でお前を口説《くど》き落そうとしなかった。だからお前は、梅次を放っておけなくなったんだ。今になってみりゃあ、もしかしておれと一緒になっていたらと思うのかもしれねえが、おれといたところでお前は幸せになっていたかどうか、知れたもんじゃあねえよ」

「又平さん……」

「まあ聞いてくんな。あん時、おれはお前が小間物屋のちょっと好い男に気持ちが傾き出したのを知って、辛くて腹が立って堪らなかったが、心の内のどこかで、ほっとしていたんだよ。おれには秋月栄三郎っていう、何人にも代え難《がて》え旦那がいる。その旦那は心の内で惚れている女がいるってえのに、これがなかなかままならねえ。だから長い間のやもめ暮らしだ。それなのにおれが、まだ半人前だってえのに、女に惚れて一緒になろうなんてことはできねえ。旦那と一緒に町にいて、取次屋をしているのが性に合っている。そんな風に思ったものさ。そんなおれが、お前に好かれるはずはなかったんだよ。お前は何も悪くはねえ。それに、こうして会いに来てくれて、おれは嬉しくて堪らねえのさ」

その又平の気持ちに偽《いつわ》りはなかった。

話を聞いて栄三郎は、又平が自分よりも先に所帯など持てるはずはないと思っていたことに胸が痛かった。

「そんな話までしたってえのに、およしはどうして、お前の家に子供を残して消えちまったんだ」

「およしには、あれこれしなけりゃあならねえことがあったんでしょうよ」

およしは、又平に何度も涙ながらに、

「この子と一緒に死んでしまいたい」

と嘆いた。今さら〝ひょうたん〟には戻れない。かといって乳呑み子を抱えて働く術《すべ》もない。もう死ぬより他に道はないのだと言った。

「馬鹿なことを言ってるんじゃあねえや。その子は母親と一緒に死ぬために生まれてきたんじゃあねえんだぜ」

又平は辛抱《しんぼう》強く宥《なだ》めてやった。

そんなやり取りが半刻（約一時間）ばかり続いた後、どういうわけだか、玉太郎が又平を見て〝きゃッ、きゃッ〟と笑った。

又平もおよしも、思わず口許が綻《ほころ》んだ。

それを潮《しお》に、およしは又平に深々と頭を下げて、

「又平さん、ありがとう。馬鹿なことを言ったけど、この子と一緒に死んだりはしないわ。石に齧《かじ》りついても身を立てて、この子を立派に育てて、それから〝ひょうたん〟の叔父さんにお詫《わ》びにいくつもりです。でも、誰かに話を聞いてもらいたかった……。〝死んでしまいたい〟なんて言って、〝馬鹿を言うな〟と叱られてみたかった……」

晴れ晴れとした顔をして、又平を見つめた。

「そうかい。そんなら少しは気が晴れたんだな」

又平はこのまま別れていいものかどうか思案しながら、穏やかに応えた。

「ええ、すっかりと晴れました。〝お前なんか知ったことか〟と言われても仕方がない人に、こんなに愚痴を聞いてもらったんですからねえ」

およしは、強がりを言って、

「大きにおやかましゅうございました」

　意を決して立ち上がった。

「待ちな……」

　又平の腹は決まった。

「聞きたくもねえ話に付合ったんだ。おれの言うことも聞いてもらうぜ」

　強い口調で言われて、およしも座り直した。

「まず、これを身が立つまでの掛りにしておくれ」

　又平は、懐から取り出した財布をおよしの右手に握らせた。

「又平さん、いけません。わたしはこんなことをしてもらうつもりで、ここまで来たんじゃあないんです。少しくらいなら持ち合せもありますし……」

　およしは慌《あわ》てて財布を返そうとしたが、又平はしっかりとそれを押し止《とど》めて、

「いいんだよ。色んな男がいる中で、おれに叱られたいと思ってわざわざここまで来ただなんてよう。おれは今とても好い気持ちなんだ。これはそのお礼だよ。ははは、大して入ってねえから案ずることもないさ。情けねえ話だが」

「ありがとうございます、ありがとうございます……」

　およしの強がりは脆《もろ》くも崩れた。

「だが、身が立つようにするにも、乳呑み子を抱えていては何かと不便だ。その子だって休まる暇もねえってもんだ。手に余ればいっそどこかへ捨てればいいさ」

「え……？」

「水谷町の手習い道場の裏手に、善兵衛長屋という店《たな》があるんだ。木戸を入って突き当りにやもめが住んでいるんだが、こいつがまた馬鹿みてえなお人よしで、手前も捨て子だったってえから、捨てられている子供を見たら放ってはおけねえはずだ。もちろん、町《ちょう》役人に泣きついてどこかへ里子にやったりはしねえ。人情に厚い近所の者達に助けられて、そりゃあかわいがって育てるだろうよ。生みの親が名乗り出てくるまでは……」

「又平さん……」

およしは、言葉が出ずに大粒の涙を頰に流しながら、件の財布を押しいただいた。

「誰かの子を預かったといえば、周りが騒ぎ出すかもしれねえ。捨て子にしておく方が気が楽さ。どうあっても捨てろとは言わねえが、ようく考えて、一旦捨てた方が少しでも早く身が立つというなら、そのお人よしは夜にならねえと帰ってこねえから、いつでも捨てにくりゃあいいさ」

又平は、およしの肩に手をやって、先に茶屋を出たという。

栄三郎は、深く感じ入って、

「それで、善兵衛長屋のお人よしの家に、首尾よく玉太郎は捨てられたってわけだな」

にこりと笑った。

「へい、それからはいつ捨てに来るかと夕方になると落ち着かねえ毎日でございましたよ」

「手のこんだことをしやがって……」

「申し訳ございません。どうにも照れくさくて、言えなくて……」

「そいつはいいが、いっそ駒吉みてえに、母子《おやこ》共々お前が引き受けようとは思わなかったのかい」

「何度も、その言葉が口から出かけましたが、いけませんねえ。この又平は、度量の狭い男でございますねえ。どうしても、あの梅次の野郎のにやけた面が目の奥に浮かんできて、何であの野郎の後始末をおれがかぶらねえといけねえんだ。あの野郎に捨てられたからといって、すぐにお前ら母子を引き受けるほど、おれは甘口じゃあねえや……。そんな想いが拭《ぬぐ》い切れなかったのでございます」

そう言うと、又平はがぶがぶと酒を呷《あお》った。

「ははは、こいつはくだらねえことを訊いちまったな。お前がそう思うのは無理もねえや。又平は度量の狭い男じゃあねえよ。子供を預かるのは並大抵のことじゃあねえんだ。お前は好い男だねえ。おれは惚れ惚れとするよ」

「そうですかねえ……」

栄三郎に誉《ほ》められて、緊張の糸が切れたか一気に酔いが回ってきた。

「ああ、お前は好い男だ。早いとこ玉太郎を迎えに来てもらいたいもんだな。その時が勝負だな」

「勝負、ねえ……」

又平は頭を掻《か》いた。あの時はまだ、およしを許せぬ想いが自分の心を支配したが、束《つか》の間預かったはずの玉太郎の愛らしさが、又平の気持ちをすっかりと変えていた。

母親似の、少したれた目の様子が、どうしてあの時、馬鹿を承知でおよしとこの子を受け入れてやらなかったのであろうかと、又平の胸を締めつけていた。

「また、振られるのがいいところですよう」

又平は、恥ずかしさから逃れようとして、またも酒を呑み干して、

「このことは、御新造さんには……」

恐る恐る言った。

「おれから伝えておくよ」

「やはりお伝えしなきゃあいけませんよね」

「恥ずかしがるんじゃあねえよ。所帯を持ってみてわかったが、何が辛いといって、女房に隠し事をするほど、後ろめたくて辛《つれ》えものはねえんだよ」

「なるほど、そんなもんなんでしょうね。相すみません」

ぺこりと頭を下げた又平の様子が何ともおかしくて、

「すみませんじゃあねえや。馬鹿野郎」

栄三郎は楽しそうに笑った。

「又平、お前にはもっと幸せになってもらわねえと、おれの気がすまねえ。よろしく頼むよ」

「ありがてえ……。あっしは今のままでも幸せでございますよ……」

又平が、今にも泣きそうになった時、恐《こわ》い夢でも見たのであろうか、二階にいる玉太郎が大きな声で泣き出した。

第二章　二度の別れ

一

「わたしも、きっと子を産《う》んでみせます」

久栄は良人《おっと》の前で力強く言った。

〝手習い道場〟で、又平と共に面倒を見ている玉太郎の存在が、久栄の心に火を付けたのである。

秋月栄三郎にしてみても、長く切《せつ》ない恋を成就《じょうじゅ》させて夫婦になった久栄である。

愛妻が我が子を産んでくれるというのは、願ってもないことなのだが、

「そいつはありがたいが、子は天からの授《さず》かりものだ。しゃかりきになることもないさ。おれはお前がいてくれたら、何も他に望むものはないのだからね」

子供についてはさらりと聞き流していた。

又平も気にかけているように、久栄には苦界《くがい》に沈んでいた過去があるし、もう若くはない。

子はおまけに付いてきてくれたらよいのだと、栄三郎は予々《かねがね》自分にも言い聞かせていた。

あまり期待などかけると、久栄の負担になると思っているのだ。

その上に、永井邸で出稽古《でげいこ》をしている時は、ほんの少しの間しか会っていなかったので気にもならなかったのだが、久栄は決して体が丈夫な方でないと、栄三郎には思えてきた。

ここへ来てからも、早速風邪《さっそくかぜ》をひいて、それが余ほど悔《くや》しかったのであろう。

「暑さが残る頃に風邪をひくなんて、嬉《うれ》しさに体が熱くなりすぎたのでしょう」

こんなものは病《やまい》のうちに入らないと、日々の暮らしに慣れるため休もうとしなかったので、少しばかりこじらせもした。

楽しげにしているように見えても、旗本《はたもと》屋敷を出て町中で暮らし始めたのである。

違い過ぎる水に一刻《いっこく》も早く馴染《なじ》まんとして、知らず知らずのうちに疲れが溜《たま》っていたのであろうとは思う。

しかし、女が子を産むのは命がけの仕事である。栄三郎にしてみても滅多《めった》なことは口に出来なかった。

それでも久栄は、そのような栄三郎の自分への気遣《きづか》いには感謝しつつ、又平と共に玉太郎の無邪気な顔を眺《なが》めていると、子が欲しくて堪《たま》らなくなるのである。

玉太郎の母親であるおよしからの便りは、未《いま》だ又平に届いていなかったが、栄三郎、久栄、そして無二《むに》の友である駒吉だけは、玉太郎の出自《しゅつじ》をわかっているので、又平もすっかり気が楽になり、より一層子育てに精を出していた。

およしが母子《おやこ》の身が立つよう段取りを整《ととの》えて、玉太郎を引き取りにきたら、その時こそ、

「身が立つといっても、女ひとりじゃあ大変だ。お前とおれと二人して玉太郎の面倒を、この先も見ていきてえと思っているんだが、どうだろう」

と、声をかけてやるつもりでいる。

それゆえ又平は、随分《ずいぶん》と日々の暮らしに張りが出ていた。

久栄はその姿を見ていると、いかに子供の存在が人の気持ちを和《なご》ませ、また元気付けるものか、しみじみと感じられるのだ。

「栄三さんが子を持つことは、色んな人の願いでもありますから」

久栄はそのようにも言う。

水谷町に移って来て驚いたのは、秋月栄三郎が思った以上に、町の衆に好かれ、頼りにされていることであった。

彼らと付合っていると、ただ単に、惚《ほ》れ合って一緒になっただけではすまされぬ人の想《おも》いを背負っている自分に気付かされたのである。

そんなわけで、やや体調を崩《くず》しはしたが、手習い道場に嫁《とつ》いで来てからの二月《ふたつき》足らずは、久栄にとっては驚きと発見に充《み》ちた、実に幸せな日々であった。

それでもただひとつだけ、心の奥に僅《わず》かな引っかかりを覚えることがある。

この町の者達が、秋月栄三郎を語る時、付き物のように話の中に登場する、〝お染《そめ》〟という女の存在であった。

元は深川の売れっ子芸者。その時の名を取った居酒屋〝そめじ〟は、京橋では知る人ぞ知る店である。

「女将《おかみ》のお染は、なかなか気風《きっぷ》の好い女でな。何度も付けを溜《た》めたり、取次屋の手伝いをしてもらったりで、随分と世話になったものさ」

栄三郎は、お染との交誼《こうぎ》のあらましは、予《あらかじ》め久栄には伝えてあった。

「何かってえと、〝挨拶《あいさつ》がないじゃあないか〟と叱《しか》られるから、水谷町へ来たらまず会ってくれぬか」

そして嫁いだその日に栄三郎は、久栄を〝そめじ〟に連れていったものだ。

それゆえに、久栄は既《すで》にお染に会っている。

「ちょいと、こんなきれいな人を、今までどこに隠していたんだよう。お前さんのように、町の皆から慕《した》われて、勝手気儘《かってきまま》に生きているって男が、その上こんな人を娶《めと》るなんて、まったく嫌《いや》みじゃあないか。これじゃあ又公《またこう》なんて生きていられないよ」

紹介されるや、お染はいきなり栄三郎に言いたいことを投げかけて、又平をこき下ろし、

「染でございます。栄三さんにはあれこれと危ないところを助けてもらったことがありましてね。口の減らない女ですが、ひとつよろしくお付合いを願います」

久栄に対しては、実に丁寧《ていねい》に挨拶をした。

その様子には、女の嫌な湿りけも、妙なへりくだりもなく、

――この人が噂《うわさ》の女将さんか。

と、感心させられたものである。

そして、栄三郎とお染の間には、男女のもつれ合った情の襞《ひだ》はいささかも見受けられなかった。

　久栄とて苦界に暮らした日々もあった。否応《いやおう》なしに男女の機微《きび》がいかなるものかは知っている。

　あの頃のことは忘れてしまいたいと思っているが、その感覚だけは、今も五体に沁《し》みついているのだ。

　そういう点では、ここまでずけずけと物を言い合える間でありながら、爽《さわ》やかなまでに男女の一線を画《かく》す二人もまた珍しかった。

　秋月栄三郎とお染という、人を見る目に長《た》けた者同士のまれなる出合いが、こういう関係を生んだのであろう。

　栄三郎の周りに集まってくる連中にとっては、栄三郎に久栄という想い人がいたなどとは寝耳に水で、

「〝そめじ〟の女将といつか一緒になるんじゃあねえかと思っていたんだが……」

　などと勝手な思い込みをしていたから、久栄の嫁入りには随分と面食《めんく》らった。

　しかし、久栄の瓜実顔《うりざねがお》に、少し愁《うれ》いを含《ふく》んだ容《かんばせ》と、やさしげな物言いに触れると、

「さすがは栄三先生だ。そうだな。先生くれえになると御新造《ごしんぞう》さんはこういう人でなけりゃあな」

たちまち久栄の信者と化し、

「先生の妻ともなれば、あの居酒屋のがらっぱちな女将じゃあいけねえな……」

そのように口にしては、久栄に聞こえぬようにと口を塞《ふさ》いだ。

「馬鹿野郎！ うちの御新造さんを、〝そめじ〟の男女《おとこおんな》と同じ板の上にのせるんじゃあねえや」

又平は、その都度《つど》こんな風に叱りつけたものだが、それは久栄の耳にも届いていた。それゆえ、嫁いだばかりの折《おり》は、栄三郎の妻としてはいささか気になるところであったのだが、お染と会ってみて、そういう妬心《としん》はすべて吹き飛んで、新たに、お染に対しての申し訳ない想いが久栄の心の内に生まれていた。

それは自分が嫁いだことで、お染にいらぬ気遣いをさせてしまったのではないかというやりきれぬ想いであった。

久栄と会ってから、ほどなくしてお染が江戸を離れたのである。

行く先は川越《かわごえ》と知れていた。

川越はお染の生まれ在所であった。川越船頭をしていた父・染五郎《そめごろう》が病に倒れ、それを助けるためにお染は深川へ出て芸者となった。

染五郎はその甲斐《かい》もなく、数年の内に死んでしまって、それからお染は長い間川越には帰っていなかった。

それが、かつて染五郎が世話をした助太郎《すけたろう》という船頭が、苦労の実を結ばせて小さいながらも旅籠《はたご》を開くことになったので、染五郎への供養にお染をもてなしたいと、少し前から便りを寄こしていた。

ちょうど芸者時代からの妹分である竹八《たけはち》が芸者から足を洗い、

「小料理屋か、茶屋などしてみようかと思っているんだがねえ」

などとお染に相談を持ちかけていたから、

「そんなら、ちょっとの間、留守《るす》を頼むよ。店を出すのもなかなか大変だってことを知ればいいさ」

と、都合よく話が進んだ。

「近頃は取次屋栄三も、恋女房もらって脂下《やにさ》がってやがるし、まあちょうどよい折だね。言っておくけど、わっちは戻って来るからね。お染の奴、死んだんじゃあねえか、なんてぬかしやがったら包丁で切り刻《きざ》んでやるから、あんたよく見ておいておくれよ」

そうしてお染は、竹八にそのように言い置いて川越へと旅発《だ》った。

それからもう一月《ひとつき》くらいになっていた。

竹八は、お染の妹分らしく立居振舞も辰巳《たつみ》芸者らしく男勝りで、物言いもはきはきとして歯切れが好い。

「まあ、似《に》た者同士なら、若え方《わけ》がいってもんだよ」

又平などは天敵であるお染をこき下ろしながら、長屋の衆などを誘って子育ての合間に〝そめじ〟に出かけたから、お染がいない間も店は繁盛《はんじよう》していた。

さっぱりとした気性のお染のことであるから、誰も彼女の川越行きに暗さを覚えたりはしなかったが、

「お染さんは、きっとわたしのために間合を取り直そうとしてくれたのに違いない」

久栄にはそう思えるのだ。

互いに気心を許し合いながらも、居酒屋の女将と常連。人助けの取次屋と深川の事情通の立場を崩さず、秋月栄三郎とお染は絶妙な間合を取ってきたという。

それが出来たのは、

「おれに久栄がいるように、お染にも心に思う男がいるからさ」

栄三郎は、そのように久栄に語っていた。

しかし、お染の思い人というのは、かつてお染のために人を殺《あや》めて、行方《ゆくえ》知れずだという。

栄三郎は晴れて久栄と夫婦になり、手習い道場に迎《むか》えたが、それによって二人の間合に微妙な変化が生まれたことは否《いな》めない。

それゆえ、お染は川越へいったまま、なかなか帰って来ようとしないのではないか。

「久栄はあれこれ考えすぎだ。お染というのは、苦労して生きてきた女だから、何があろうと思うようにするさ。放っておけばいいのだよ」

栄三郎はそう言うが、久栄はどうもすっきりとしないのである。

二

放っておけばいいと言いながらも、栄三郎とてお染のことについて考えていないわけではなかった。

長い時を経《へ》て久栄と一緒になれた。今度はお染に幸せになってもらいたいと、心の内で誰よりも強く思っていた。

そして、お染が川越へ発つや、実は密《ひそ》かに行動に移していたのである。

それは、お染が心に思い続ける礼次《れいじ》という男の消息を探ることであった。

礼次は腕の好い左官職人で、辰巳芸者であった頃のお染と恋仲であった。ところが、二人の幸せな日々は長く続かなかった。礼次はある日、お染の身に危険が迫っていることを知る。

男勝りの〝染次姐《そめじねえ》さん〟は、気に入らぬ客にはお座敷であろうが、町中であろうが、堂々たる啖呵《たんか》を切ってやり込める。それが評判の売れっ子芸者であったが、恨《うら》みを買う時もあった。

遊女屋の主《あるじ》・若狭屋粂蔵《わかさやくめぞう》も、染次にやり込められた一人で、

「染次の奴、二度と座敷に上がれねえような面《つら》にしてやるぜ……」

と、やくざ者二人を雇って染次を襲わせようとしたのだ。

普請《ふしん》場の足場にいて、たまたまこれを聞いたという弟分に報《しら》されて、礼次は手頃な丸太を拾いあげてその場に駆《か》けつけた。

そして、危ないところを丸太を振り回してやくざ者を追い払ったまではよかったが、礼次はこれを見て逃げ出そうとする粂蔵に気付いて逆上した。

その感情の爆発が、礼次の手許《てもと》を狂わせ、彼の人生をも狂わせた。たちまち粂蔵に追いつき、怒りに任《まか》せて丸太で殴《なぐ》りつけたところ、打ちどころが悪く粂蔵はそのまま死んでしまったのだ。

「逃げておくれ……」

と、礼次の手を取って願う染次に、

「お染、馬鹿なおれを許してくんな……。おれは大丈夫だから、くれぐれもこの先、おれに義理立てなどするんじゃあねえよ……」

この言葉を残して礼次は逃げた。

その日を境に二人が会うことはなかった。

そうして別れてから長い歳月が経《た》っていたのだが、ちょうど一年前。

礼次が、太之助《たのすけ》と名を変え、三太郎《さんたろう》という生《な》さぬ仲の息子を育て、居職《いじょく》の箱屋となって、とあるところで暮らしている——。

お染はそれを知ることになる。

報せたのは、吉二郎《きちじろう》という男であった。この吉二郎というのは、玉太郎を捨てた梅次と同じく、ろくでもない小間物屋で、千三《せんみつ》の吉二郎と呼ばれている。

そんな奴ゆえに、お染は端《はな》から疑ってかかったが、吉二郎は太之助なる箱屋が確かに礼次であるという証拠を突きつけ、礼次が今どこにいるかは口にせず、彼を訴人《そにん》されたくなければ言うことを聞いてもらおうと、お染を強請《ゆす》り始めた。

栄三郎は、お染の身辺に異変が起こっていることに気付き、吉二郎について又平を使って調べあげた。

そこから吉二郎の悪巧《わるだく》みを探り出し、木場《きば》の崎川橋《さきかわ》という小さな橋の上で待ち伏せ、夜陰《やいん》に紛《まぎ》れてこ奴の口を封じた。

生かしておいては、お染に難儀が降りかかるからである。

このことはお染には秘密にしていたが、吉二郎が死んでお染にも、礼次にも難儀が及ばなかったものの、礼次が今どこで暮らしているかは謎《なぞ》のままとなった。

一刻も早く口を封じねばならないと思ったのだが、殺してしまわずに、うまく聞き出す方法はなかったものか、後になって悔《く》やまれた。

――いや、悪党は、何を考えるかわかったものではない。あれでよかったのだ。

こうなったら、自分の力で礼次がどこにいるか見つけ出してやると栄三郎は心に誓った。

とはいえ、その後は大坂へ戻ったり、永井勘解由の殺害を企《たくら》む、火付盗賊改《ひつけとうぞくあらため》・来栖兵庫《くるすひょうご》達との戦いに身を投じたり、栄三郎は慌《あわただ》しい日々を送っていたので、礼次の探索はままならなかった。

その上に、来栖一味との戦いを通じて、久栄との仲を勘解由に認められ、所帯を持つまでになったから、幸せに浮かれていたのも確かで、そこまで手が回らなかったのだ。

これを挽回《ばんかい》すべく、栄三郎は、お染が旅に出た後、すぐに深川の香具師《やし》の元締である碇の半次を訪ねた。

深川の売れっ子芸者であった頃より、お染は半次とは顔馴染《なじみ》で、このところはすっかりと、お染を通じて交誼を深めた、秋月栄三郎贔屓《びいき》になっていた。

栄三郎はそこに甘えた。

礼次はただただ不運であったというしかないが、人を殺めて逃亡していることには違いない。となれば、人知れず内密に捜さねばならなかった。

「元締、また面倒なことを頼みたいのだが、話にのってくれぬか。こいつはお前さんでなければ前へ進まぬ話なのだ」

栄三郎は、お染を何とかして礼次に会わせてやりたいのだと、半次に頭を下げたのである。

「旦那《だんな》、あっしは嬉しゅうございますよ」

半次は、よくぞ自分を訪ねてくれたと、大喜びで、

「そんなことならお安いご用でさあ。実はあっしも、礼次さんの話は聞いておりましてね。前々から気にはなっていたんですよ。だが、染次姐さんのことだ。余計な真似《まね》

をしたら叱られるし、今は旦那が姐さんの傍《そば》にいるからと、放っていたんですよ」

栄三郎の頼みを、否も応もないと快諾してくれた。

半次にしてみても、栄三郎はお染と一緒になるのではないかと見ていたので、栄三郎が久栄を迎えたと聞いていささか肩すかしを食らった様子であったのだが、

「お染の心の内には、まだ礼次という男の面影《おもかげ》が残ったままなのだよ」

と、栄三郎に言われて合点《がてん》がいった。

互いに想う相手がいて、栄三郎が恋を成就させたとなるや、お染に気遣う様子が、半次には心地《ここち》よかった。

「なるほど、栄三の旦那だからこそ、そいつがわかるんですねえ。だが、礼次さんを捜すとなると、ちょいと手間がかかるでしょうねえ」

「少しだが、その手がかりになるものは持参しているんだよ」

「へえ、そいつは大したもんだ」

「千三の吉二郎って野郎に聞き覚えはないかい？」

「千三の吉二郎……。へい、あのろくでもねえ小間物屋ですね。確か一年ほど前に、橋の上で何者かに刺されて死んだはずでしたがねえ」

半次の目がぎらりと光った。その輝きの色で、この元締が吉二郎に嫌悪を覚えてい

る様子がはっきりとわかった。

「実はお染の奴、吉二郎に強請られていたんだよ」

「何ですって……」

栄三郎は、吉二郎が小間物の行商先で礼次を見つけ、これを餌《えさ》にお染を強請ろうとしていたことを半次に打ち明けた。

「あの野郎、阿漕《あこぎ》な真似をしているとは聞いておりやしたがそんなことを……」

半次は怒りを顕《あらわ》にした。

「お染の様子がおかしいので、ちょっと調べてみたら埒《らち》が明いたってところさ。こいつは何とかしねえといけねえ、そう思っていた矢先に野郎は橋の上で何者かに殺されたから、まあ、それでこと無きを得たのだが……」

「なるほど、こと無きをね。こいつはめでてえや」

栄三郎と半次はニヤリと笑い合った。

吉二郎を殺したのが栄三郎であると、半次は気付いていた。栄三郎もわざわざ口にすることではない。互いに目で物を言って話を進めた。

「吉二郎みてえな悪党が死んじまったのは確かにめでてえ話だが、それで礼次の居どころがわからぬままになってしまった」

「それであっしを頼ってくれたわけですね」

「そういうことだ」

「今は太之助という名で箱屋をしている。それで三太郎というもらい子と一緒に暮らしている……。ふふふ、旦那、それだけわかればさして手間もかかりませんよ」

「どうにかなるかい」

「へい、吉二郎の野郎が小間物の行商をしていたところで見かけたとなりゃあ、奴の立廻《たちまわ》り先をちょいと調べりゃあ、その場は絞《しぼ》られてくるってもんだ」

「確かにそうだな。江戸から遠く離れたところには行かぬか……」

「吉二郎の野郎、もったいつけたところで、そんなものはすぐにわかるというものを。まったく馬鹿な野郎でございますよ」

「碇の半次ならわけもないか。元締、頼りにしてるよ」

　半次が言った通り、お染が川越に行ってから一月が過ぎた頃に、半次から栄三郎に使いが来た。

　そこで訪ねてみると、

「どうやら水戸《みと》にいるようですぜ」

と報された。

「水戸か……」

なるほど、江戸からは五、六日といったところであろうか。決して近くはないが、行商に出るには最北の町かもしれない。

城下は徳川御三家《とくがわごさんけ》のひとつとして、栄えている。半次の調べでは、吉二郎は周囲の者に、水戸の土産《みやげ》話をよくしていたという。

その他には川越、八王子《はちおうじ》、高崎《たかさき》、潮来《いたこ》、神奈川《かながわ》、藤沢《ふじさわ》あたりが挙《あ》げられるが、礼次の気持ちを思うと、お染の生まれ在所である川越には行かぬであろうし、神奈川、藤沢では近過ぎる。

あれこれ考えた末に、半次はこれと思うところへ、乾分《こぶん》を数人、旅に出した。

そうして水戸には太之助という箱屋がいて、三太郎という息子がいると知れた。

高崎にも一人いたが、三太郎という子供は見当たらなかったという。

「もう少し、じっくりと調べてみやしょう」

礼次の顔をよく知る者を改めて行かせてみると半次は言ったが、

「そこまでしてもらっては申し訳がない。まずおれが行って、礼次かどうか確かめてみようよ」

ただでさえも、半次には手間をかけさせてしまった。お染の想いを代弁出来るのは、自分をおいて他にあるまい。

顔を知らずとも、すぐ見つける自信はあったし、話せばわかってくれよう。

栄三郎は、

「元締、真《まこと》に忝《かたじけな》い。後は任せておくれ。あれこれ掛りもいったはずだ。それもまた埋め合せをするから、今は借りておくよ」

半次にしっかり頷《うなず》いて、単身水戸へと旅発つことにしたのである。

三

「旦那、そこまですることもねえでしょうに」

栄三郎の水戸行きを、又平は快《こころよ》く思わなかった。

その間は、まだ嫁いで間なしというのに、久栄が一人になってしまう。手習いの代教授やら、玉太郎の世話やらで大変なのは目に見えていた。

しかも、久栄にしてみれば、いくらお染が取次屋にとって大事な存在であったとしても、度が過ぎた他人の女への厚情は、決して気分のよいものではなかろう。

おまけに、礼次は咎人《とがにん》なのである。接触しても栄三郎に損はあっても、得になることはひとつもないはずだ。

しかし栄三郎は、又平と久栄を前にして、

「おれが久栄と一緒になれたのは、天恵としか言いようのないことだと思う。天への恩返しに、お染の恋にお節介を焼いてみてえんだよ」

そう言って聞かなかった。

又平の心配をよそに、久栄もまた天恵を甘受《かんじゅ》したものとして栄三郎の言葉に感じ入って、

「左様《さよう》でございますね。天への恩返しをいたさねばなりませんね」

栄三郎が礼次を訪ねることで、少しでもお染に対する申し訳なさが薄れたらこれほどの喜びはないと、栄三郎を水戸へ喜んで送り出しましょうと誓った。

――まったく似た者夫婦とはこのことだ。

又平は呆《あき》れつつも、

「お染も幸せな女ですねえ」

つくづくと思い入れをすると、

「旦那、あっしがついていかねえでも大丈夫ですかい」

「馬鹿野郎、玉太郎を旅に連れて行くわけにはいかねえだろう」

「そうですねえ。もらい乳《ちち》しながらの道中は大変ですからねえ」

「お前は玉太郎の世話をして、鼻の下を伸ばしていればいいんだよう」

とどのつまりはそんなやり取りとなって、久栄と二人で栄三郎の旅仕度を調《ととの》え始めたのであった。


かくして栄三郎は、翌日に本材木町の岸裏道場へ出向き、師・岸裏伝兵衛に気楽《きらく》流《りゅう》の水戸道場への紹介状を書いてもらい、諸々《もろもろ》準備を調えた。

水戸では旅籠に宿を取るつもりであったが、城下で怪《あや》しまれぬよう、剣術修行の目的で来ていることにしておきたかったのだ。

「まず栄三郎のことゆえ、水戸に何をしに行くかは怪しいものだが、この道場ならばお前の腕に敵《かな》う者はおるまい。まずしっかりと稽古を付けてやるがよい」

近頃は岸裏道場の江戸での名声も高まり、いくら松田新兵衛という凄腕《すごうで》の師範代がいたとて多忙は避《さ》けられぬ伝兵衛であった。

それゆえ、旅好き、放浪好きの伝兵衛は、自分も付いて行きたそうであったが、

「先生、ここしばらくの間は道場にいてくださらねば、皆が困ってしまいます……」

それを察した松田新兵衛の妻・お咲がやんわりと釘《くぎ》を刺した。

師範代の妻にして、相変わらず練達《れんたつ》の女剣士ぶりを発揮しているお咲は、年々剣も道場における権勢も強さを増していた。

どちらかというと霞《かすみ》を食って生きていたいという岸裏伝兵衛と、剣術一辺倒で浮世離れしている松田新兵衛に代わって、道場の切り盛りはお咲が務めている。

新兵衛を恋い慕い、追いかけ回していた我《わ》が儘《まま》娘も、今では夫に物を言わさぬしっかり者になっていた。

剣術の他は尻《しり》に敷かれているようだが、新兵衛はお咲の言うがままになっている日々の暮らしが楽しそうだ。

——男も変われば、女も変わる。だが、おれは所帯を持ったとて、取次屋をたたむことはない。

栄三郎は、水戸行きについて、お咲にあれこれ訊《たず》ねられては面倒だと、

「では先生、ちと見聞を広めて参りまする」

ことさらにしかつめらしい表情を作って道場を出た。

そして、翌日は七つ立ちをして、千住《せんじゅ》から水戸へと続く水戸街道を目指した。

秋風は心地よく、少し冷やりとした感触が旅愁を誘う。

妻もいて、乾分、門人である又平もいて、日頃は手習い子達に囲まれている身が、何を不足で一人で旅に出ているのだろう——。

そう思うと真に滑稽《こっけい》に思えてきたが、日頃人に囲まれて暮らしているからこそ、一人で旅をするのもまた、あれこれ感慨を思い浮かべられてよいものだ。

ゆっくりもしていられず、栄三郎は黙々《もくもく》と歩いた。何とか三日で水戸まで着きたかった。

帰りも含めるとこの旅は七、八日かかるであろう。

その間、又平の前におよしが現れて、涙のうちに二人が所帯を持つ話がまとまっているかもしれない。

そんなことを考えると気が焦り、栄三郎は三日目の夕方に、無事常陸国《ひたちのくに》水戸に到着した。

その日は城下の旅籠に宿を取り、翌朝はまず、岸裏伝兵衛に書いてもらった書状を手に、剣術道場に出向いた。

気持ちは逸《はや》ったが、ここは水戸徳川家の御膝元《おひざもと》である。いきなり探索などに当たらずまずは剣客《けんかく》としての滞在理由を明確にしておくべきであった。

気楽流の道場は、水戸八幡《はちまん》宮門前にあった。

師範は阿積夕斎《あづみせきさい》という初老の剣客で、門人は二十人ばかり。その内水戸家の家士はほんの数人で、近在の大百姓の子弟などが中心であった。

「おお、これは岸裏殿の……」

書状を一読するや、夕斎は栄三郎に親しみの目を向けた。いかに伝兵衛が、この道場を訪ねた折に尊敬の念をもたれたかがわかる。

今は十人にも充たぬ門人が稽古をしていて、一斉に栄三郎に好奇の目を向けてきた。

「よくぞお越しくだされたな。この水戸における気楽流は、存外に古くからの由緒がござってな……」

夕斎はやたらと饒舌《じょうぜつ》で、あれこれと道場にまつわる話を語り出した。

門人達は稽古よりも、夕斎の蘊蓄《うんちく》を聞きに来ている様子であった。

近在の百姓達が中心となればそれも頷ける。

水戸家の士達も、気楽流がいかなるものか知識として得ておくために、時折この稽古場に訪れるのであろう。

栄三郎にとっては正しく気楽でよいのだが、話が長くなるのは勘弁《かんべん》願いたかった。

「畏《おそ》れながら、某《それがし》あれこれと用もござりまして、まず稽古をお願いできますれば

「……」

すぐに立合を望むと、

「うむ、左様でござるな。岸裏殿の高弟となれば、我が門人達にとって稽古を共にいたすは真に僥倖《ぎようこう》。どうぞよしなに……」

夕斎は、栄三郎に稽古を付けようとはせずに、門人達への指南《しなん》を望んだ。

日頃は、〝接待稽古〟に臨《のぞ》んで、相手の気分をよくするのが得意な栄三郎であるが、下手《へた》をすれば、話好きの夕斎に引き留められると思い、

「いざ参る……」

と、早々に防具を借りて立合い、いつになく厳しく稽古を付けた。

岸裏伝兵衛が言った通りである。阿積道場の門人達は、まるで栄三郎に歯が立たず、すぐに息があがり、這々《ほうほう》の体《てい》で下がっていった。

「よい稽古を、ありがとうございました！」

皆、稽古を終えると、大きな声で礼を言ったが、

――あまり来ていただくと、こちらの身がもたぬ。

という想いを胸に抱えているのは明らかである。

「短い間に気を入れてする方が、稽古は身につくと申すものでござる」

栄三郎は適当なことを言って、すぐに道場を後にしたので、皆はほっと胸を撫《な》で下ろし、感服仕《かんぷくつかまつ》ったという表情を取り繕《つくろ》って送り出してくれた。

栄三郎は、そのまま南へと歩き、本大工《ほんだいく》町へと向かった。

そのさらに南には広大な千波《せんば》沼が広がる。

千波沼は、水戸の中心部にある大きな沼で、北側に流れる那珂《なか》川と共に、水戸城の堀の役割をも果していた。

沼の中には柳堤があり、用水の他に景勝の地としても領民達の目を楽しませている。

この沼が見える、城下の外れの長閑《のどか》な地に、太之助こと礼次は作業場を構《かま》えているという。

碇の半次の乾分は、そこまでの情報を仕入れたが、他所者《よそもの》が調子に乗って尋ね歩くと、礼次が警戒をして姿を隠す恐れもある。

江戸に水戸の梅干しを送るのに箱を誂《あつら》えようと腕の好い箱屋を当たったが、先方が既に用意済みで不要になったので、

「これでさっさと江戸に戻ることができますよ」

乾分はそんな風に言い繕い、まずは太之助という箱屋の有無《うむ》だけを確かめて、半次

に報告した。

半次はさらに気の利《き》いた乾分を三人ほど水戸へやろうとしたが、栄三郎はそこからは自分が行くと告げたのである。

本大工町に箱の問屋がある。

そこで訊《き》けばわかるはずだと言われていた。

栄三郎は、まずそこを訪ね、

「太之助という腕の好い職人がいると聞いたのだが……」

自分は旅の剣客で、稽古場で使う刀や木太刀《きだち》を仕舞う木箱を世話になった道場に寄贈したい。それに当たっては直《じか》にその造作を説明したいので、家を教えてもらいたいと訊ねてみた。

「左様でございますか。太之助さんなら、どんな注文にも応《こた》えてくれるでしょう」

問屋の番頭は、さもありなんと太之助の居所を教えてくれた。

太之助は、ここからさらに南へ行った神崎寺《かみさきじ》の門前の仕舞屋《しもたや》に住んでいるという。

栄三郎は、ゆったりと歩みを進めた。

寺への道すがら、椎《しい》の木が立ち並ぶ林が広がる一画に出た。

栄三郎はそこで歩みを止めた。

ここへ来るまでの間、何者かにつけられている気配がしたのだが、いよいよ栄三郎をつけ狙《ねら》う黒い影が、この木立の中に集結したように思えたのだ。

栄三郎は、このような事態も起こりうると覚悟していたので、まるで慌《あわ》てることもなく、

「おれに何か用かな」

落ち着いて木立の中に声をかけた。

たちまち木立の中に緊張が漂った。

「おれは決して怪しい者ではない。それゆえお前達につけ狙われる覚えもない。何か思い違いをしているようだが、少し話せばわかることだ。言いたいことがあるなら出て来て話すがよい。出て来ぬというなら、おれの方から踏み込むぞ」

と、刀の柄《つか》に手をかけた。

すると、五人ばかりの若い者が、ぞろぞろと出て来て、栄三郎の前に立ちはだかると、探るような目でじろじろと見た。

「お武家様が、太之助兄ィを訪ねると聞いて、ちょっと気になったのでございますよ」

兄貴格の男が低い声で言った。

「気になった？　水戸では箱屋を訪ねるのに、手形のひとついるというのか」

「見馴れねえ旦那が、兄ィを訪ねて来るなんてことは、今までなかったんでねえ」

「考え違いをするな。おれは、若狭屋粂蔵の仇《かたき》を討ちに来たんじゃあねえや」

栄三郎は、埒が明かぬと本質に触れてみた。

「野郎！」

しかし、若い衆達はその名に反応して、いきなり栄三郎に、隠し持った棒切れを揮《ふる》って襲いかかってきた。

「待たぬか、馬鹿者めが！」

栄三郎は、止《や》むなく抜刀すると、峰《みね》に返して迎撃した。たちまち足を払われ、肩を打《たた》たれ、腹を叩かれて、三人がその場に蹲《うずくま》った。

「静まれと申すに！」

栄三郎は、鮮《あざ》やかな太刀捌《たちさば》きで、椎の木の枝をすぱッと斬《き》った。

五人の男達は、これはまったく敵わぬ相手だと見て、その場に立ち竦《すく》んだ。

「おれは江戸から、太之助にどうしても話しておきたいことがあって参った、秋月栄三郎という者だ。お前らが太之助を慕っているのはよくわかった。まず落ち着いておれの話を聞け！」

やっとのことで、栄三郎が五人を落ち着かせた時。

「馬鹿野郎！　勝手な真似をしやがって！」

小走りに駆けて来た、侠客《きょうかく》風の男が五人を叱りつけた。どうやら若い衆達の親分であるようだ。

「こいつはご無礼をいたしまして、申し訳ございません。旦那が、秋月様で……」

親分は栄三郎の前で畏《かしこ》まった。

「ああ、そうだ。お前はどうやら話のわかる男のようだ」

「畏れ入ります。旦那のことは、太之助から承っております……」

「太之助から？」

首を傾《かし》げる栄三郎に、

「わたしは、惣五郎《そうごろう》と申しまして、この辺《あた》りで人入れ屋をしているものでございます」

惣五郎は恭《うやうや》しく礼をした。

「なるほど、この兄さん達はお前さんところの若い衆で、太之助は親分と随分親しくしているというところだな」

「へい、そんなところでございます」

「だが、おれは太之助とは会ったことがない。それがどうしておれを知っているのか、そこが気になるな」

「ごもっともでございましょう」

「だが、おれを知っているなら、おれが、何ゆえ水戸に出て来たか、大よそのところは察しがつこう」

「へい……」

「ならば、太之助と二人だけで話をさせてはくれぬかな」

「それはこちらも望むところでございます。わたしが席を設けさせていただきますので、どうぞご一緒に……」

惣五郎は、それから乾分を太之助の許へ送り、栄三郎を行きつけの料理屋へ案内した。

店は本大工町の繁華なところにあり、太之助が来るまでの間は、惣五郎が差し向かいで栄三郎の相手をした。

不審な点があれば、自分をばっさりとやってくれという意思を、惣五郎は示したのである。

栄三郎は、惣五郎に好感を持った。

「話は何もかも、太之助の口からお聞きくださいまし」

太之助が来るまで四半刻《しはんとき》（約三〇分）もかからなかったが、その間は太之助に関わる話はせぬままに、

「わざわざ水戸までお越しくださるとは、何と申し上げてよいやら……」

惣五郎はひたすらに、秋月栄三郎の男気を称《たた》えたものだ。

そして、やがて太之助が座敷に現れた時、惣五郎は薄《うっす》らと涙を目に溜めて、栄三郎の前から下がったのである。

四

太之助こと礼次は、もう十年近くも逃亡の暮らしを強《し》いられているというのに、顔の色艶《いろつや》もよく、苦味《にがみ》走った職人の貫禄《かんろく》を身に備えていた。

これがお染が心に想いを持ち続けた礼次なのかと思うと、頷けるだけの男振りのよさであった。

「お前さんが礼次殿か……」

「今は、太之助と呼んでくださいまし」

初めて交《か》わした言葉がこれであった。

「そんなら太之さん、どちらから先に話そうか」

栄三郎は、とにかくこうして会えたことが嬉《うれ》しくて、江戸の半次に心の内で手を合わせつつ、にこやかに言った。

「へい。ではあっしの方からお話しいたしましょう」

太之助は神妙な面持ちで、

「まず、あっしがどうして、旦那のことを知っていたかでございますが、ここへ来て、箱屋の職人になって、ちょっとは落ち着いた頃に、江戸に残した女のことを、風の便りに耳にしたのでございます」

「昔、染次という名で深川に出ていた、お染のことだね」

「へい……」

「太之さんが、お染と別れて江戸を出た経緯《いきさつ》は聞いたよ。くだらねえ野郎のお蔭《かげ》で、お前もまったく酷《ひど》い目にあったんだねえ」

「まったくでさあ。だが、あっしもあの時、分別がもう少しあれば、こんなことにはならなかったはずだと、今でも悔やんでおります」

あの時、礼次は深川で若狭屋粂蔵を誤って殺害してから方々を逃げた。

水戸に落ち着いたのは、ここで口入屋の親分である惣五郎との出会いがあったからだという。

五年ほど前のこと。惣五郎は、博奕《ばくち》の縄張りでのいざこざから、命を狙われた。ちょうどそこに、旅を続けていた礼次が出くわし、連れもなく危ないところであった惣五郎を助けた。

惣五郎は、礼次の腕っ節の強さだけではなく、恐らく何か理由があるにも拘《かかわ》らず、勇敢に立ち向かった礼次の心意気が大いに気に入った。

礼次もまた、男伊達《だて》の惣五郎に心を開き、何故《なぜ》自分が旅暮らしを送っているかを打ち明けた。

「そいつは気の毒だ……」

情に厚い惣五郎は、何とかして礼次を匿《かくま》ってやろうと、水戸に留めおき、箱屋という仕事を与え、名も太之助と改めさせた。そして自分の縁続きの者だと、うまく取り繕ったのだ。

水戸では人に知られた親分で、城の御用も務める惣五郎である。そのあたりのことに抜かりはなかった。

礼次もこの温情に応え、腕の好い箱屋にならんと努めたし、身寄りのない子供を育て、世間に対しての奉仕も忘れなかった。

そして新しい、太之助としての人生が落ち着きを見せ始めると、思い出すのはお染との日々であり、自分が犯した罪が彼女に及んでいないかが気になった。

「いっそ、そのお染を呼んで、二人でそっと暮らしたらどうだ」

惣五郎はそんな風に勧めてもくれた。

密かに人を遣《や》り、お染に自分の今を伝えれば、お染はきっと訪ねて来るだろう。

しかし、お染は人目を引く女である。江戸を出るとなれば、行き先を問われ、何かの折には江戸から旅に出る者が訪ねようとするであろう。偽《いつわ》りを言ったとすれば騒ぎになり、お染の身に何があったのかと、捜し回るかもしれない。

いくら太之助として暮らしても、お染といることで、すぐに礼次であると知れてしまうに違いない。

自分は僅かな一時でも、お染と暮らせれば本望だが、お染をそんな危険にさらすなど、あってはいけないのだと心に決めた。

それゆえ、礼次が太之助となって水戸で暮らしていることは、くれぐれもお染の耳に入らないようにしてもらいたいと、彼は惣五郎に願ったのだ。

「お前の気持ちはよくわかったよ。それなら人を遣って、お染という女が、平穏無事に暮らしているか、それだけそっと調べさせてみよう」

「へい。どうぞよろしくお願い申します」

そんな風に話が進み、惣五郎はお染が京橋の袂《たもと》で居酒屋〝そめじ〟の女将として、日々元気に暮らしているという情報を得た。

相変わらず独り身を通しているが、店の常連に秋月栄三郎という、手習い師匠を務める剣客がいて、この男が何かと後ろ盾《だて》になってくれているという。

お互い憎《にく》からず思っているのだろうが、色恋のべた付きのない、さらりとした付合いであるらしい。

それを聞いて、胸中複雑であったが、

「栄三の旦那といやあ、町の誰からも好かれているおもしれえお人のようで……。そんな人が付いていてくれるならお染もこの先、幸せに暮らしていけるだろうと、肩の荷が少し下りたものでございます」

礼次は嚙《か》み締《し》めるように言った。

「そうかい、それで親分はおれのことを知っていたんだね」

「へい」

「惣五郎の親分か。好い人に巡《めぐ》り合ったねえ」

「運がよかったと、お天道《てんとう》さまに手を合わせておりますよ」

「ただ運がよかっただけじゃあ、あるまいよ。それだけお前さんが好い男だってことさ。親分だけじゃあねえや。乾分までが慕っている。おれが、若狭屋の仇を討ちに来たんじゃあねえか、こいつは放っておけねえと、跡をつけてきたくれえだから……」

「相すみませんでした」

「ははは、そんなことはいいんだよ。お前さんの話はよくわかった。そんなら次はおれの話といこう」

栄三郎は、運ばれてきた酒を立て続けに三杯干して一息吐《つ》くと、切れ長の目に光を宿した。

「まず、太之さんが何よりも聞きてえのは、お前さんが水戸にいるのをお染が知っているかどうか、だろう？」

「へい……」

「恐らくお染は知っちゃあいねえはずだ」

「恐らく？」

「これには色々と厄介《やっかい》な話が絡んでいるのさ」

栄三郎はすっかりとくだけた口調《くちょう》となって、千三の吉二郎が、お染を強請った件を語った。

「あの男が……！」

礼次は絶句した。

神奈川に住む七五郎《しちごろう》という小間物屋――。

礼次は、人当りもよくいかにも誠実そうな七五郎と、確かに何度か話をしたことがある。

箱屋の仕事場に訪ねて来た折は、仕事の様子を見せてやりもした。

その七五郎が、実は千三の吉二郎という悪党で、自分のことを知っていて、左官の礼次かどうか探っていたとは思いもかけなかった。

「野郎の猫の被《かぶ》り方は大したもんだったんだなあ」

栄三郎は、夜陰に紛れて刺し殺した吉二郎の卑しい顔を思い出していた。

女の生き血を吸うとんでもない悪人でも、惣五郎の乾分達の目をも欺《あざむ》き、礼次の心にすっと入っていったのかと思うと、人間の業《ごう》の深さにやり切れぬものを覚えた。

「てことは、お染がくれたあの根付は……」

礼次は、はっとして右手で己《おの》が膝をぐっと摑《つか》んだ。

「打出《うちで》の小槌《こづち》に鶴亀《つるかめ》が刻まれた、黄楊《つげ》の根付……、だね」

「やはりあの野郎が……」

「ああ、千三の吉二郎が盗み出して、礼次を見つけた証《あかし》だと、お染に突きつけたのさ」

「左様で……」

礼次は歯嚙みした。

件《くだん》の根付は、江戸から逃げる時、どこかへ捨ててしまおうかと思ったが、お染との思い出が込められた物だけに、捨てられずにいた。

水戸に来てからは、決して身に付けず、仕事場の引き出しにそっとしまっておいた。

見ればお染を思い出すので、とのつまりは引き出しの中に眠らせたままにしていたのだが、二月ほど前に引き出しから消えていることに気付いた。

うっかりとしてどこかへ移し替えたのを忘れてしまったのか、仕事場を片付けている時に、ごみに紛らせてしまったのか——。

どうしたことかと気になっていたのだが、隙《すき》を見てあ奴に盗まれたのなら大きな不覚であった。

しかも、大事にしていたあの根付を盗まれて気付かなかったとは、日々の平穏に心が緩《ゆる》んでいたとしか言いようがない。

「吉二郎の野郎、左官の礼次は、太之助という箱屋の職人になって、三太郎という子を引き取って暮らしている……、そこまで告げて居所までは言わねえ。小出しにして、お染を強請りやがった」

「で、お染はその話を旦那に打ち明けたんですかい？」

「まさか。惚れた男のためにならねえ話を、おいそれと人に話すような女じゃあねえさ」

栄三郎は、礼次を真っ直《す》ぐに見て頰笑《ほほえ》んだ。

礼次は大きく頷いて、

「お染の様子がおかしいのに気付いた旦那が、吉二郎の動きを見張って、そのことを……」

「まあ、そんなところだったが案ずることはないさ。根付はお染の許に戻り、吉二郎の野郎はそれからすぐに、橋の上で何者かに殺されたよ」

「そうでしたか。何者かに殺されましたか」

砥の半次と同様、礼次にもその〝何者〟が秋月栄三郎だと察しがついたのであろう。礼次は言葉を詰《つ》まらせて頭《こうべ》を垂れた。

「まあそんなわけで、太之さんとここでこうして会えるまで、ちょいと手間取ってしまったわけだ」

それからは、しばし二人の間に沈黙が訪れた。

礼次とて、あれこれ頭の中を整える間もいるはずだと、栄三郎は黙って酒を呑《の》み、煙管《キセル》で煙草《たばこ》をくゆらした。

酒と煙草は、男同士の間を埋める何よりの道具であった。

「旦那は、お染があっしの居所を調べあぐねていると思って、ここを調べあげたんですかい」

盃《さかずき》に酒を五杯呑んだ後、礼次は口を開いた。

「そうだ。お染は今でもお前さんのことが忘れられずにいる。それを何としても会って伝えたかったのだよ」

栄三郎の応えに、礼次は首を振りながら、

「それをあっしに伝えてどうなるんです。もう礼次のような男のことは忘れろ。お前にはおれが付いている……、お染にそう言ってやればよろしゅうございましたのに」

「何と言ったところで、お染の気持ちは変わらねえさ」

「変わるも変わらねえも、旦那次第でございましょう」

「おれとお染はそんな仲じゃあないのさ。互いに心に思う相手がいる同士。世の中をちょいと斜めに見て、時には人にお節介を焼いて暮らす。そんなところがよく似ているから、気が合った。ただそれだけだ」

「そんなら旦那には、惚れた女がいると……」

「ああ、おれにも一緒になれるはずがないと諦《あきら》めていた相手がいた」

「その相手というのは？」

「今は晴れておれの妻となった」

「旦那には御新造さんがいなさるんで？」

「ああ、想いはいつか叶《かな》う。お染にもそうあってもらいてえから、おれはお前さんを見つけて、二人の仲を取り次いでみたいと思ったのさ」

栄三郎は、言葉に力を込めた。

江戸では、かつて左官職人の礼次という男が起こした若狭屋条蔵殺害の一件を、今さら取り調べる気配など、毛筋ほどもない。

二人がその気になり、周りの者達が助けてやれば、新たな恋路が開けるはずだ。

「太之さん、物好きだと笑われるかもしれねえが、お染にも一途《いちず》な想いを遂《と》げてもらいたいと、おれはここまで来たんだ。どうだろうねえ」

「お染のことは片時たりとも忘れてはおりませんでした……」

礼次は瞼《まぶた》の裏にその面影を浮かべるかのように、目を瞑《つむ》って溜息《ためいき》をついた。

「ですが、もうお染と一緒にはなれません」

「どうあっても無理かい？」

「へい。もういけねえんでございます」

小刻みに震える礼次の肩が、男の苦渋を語っている。

栄三郎は、ふっと笑って、

「そりゃあそうだなあ。別れて一年や二年というわけじゃあないものなあ」

それからまた、しばし酒と煙草に時を費《つい》やして、男二人の話が終るまで、一刻（約四時間）ばかりもかかったのである。

五

〽千住女郎衆はいかりか綱《つな》か
上り下りの舟とある

船頭が歌う千住節が、やけに物哀《ものがな》しかった。

礼次は水戸で新しい人生を送っていた。

彼を高く買っている惣五郎は、方々に顔が利くし、人望が厚い。その乾分達も礼次を慕っているから、この先も礼次は太之助であらんとすれば罪に問われることはなかろう。

礼次と酒を酌み交わし、思いの丈を聞いた栄三郎は、その翌朝に阿積道場を訪ね、夕斎に別れを告げて水戸を出た。

「栄三郎殿。剣客でいることを、この先捨ててはなりませぬぞ」

夕斎の少し心に突き刺さる言葉を胸に、急ぎ水戸街道を千住の宿まで戻ると、今度はそこから船に乗った。

行く先は川越であった。

このままお染を訪ねて、あれこれ話をしておきたかったのだ。

――我ながらよく働くものだ。とんでもない剣客だな。

栄三郎は船上何度も苦笑いを浮かべた。

いったい自分とお染はどんな間柄であったのだろう。

互いに一番身近にいて、心を許せる男と女であったのは間違いない。

——お染が礼次のことを思い切っていたら、おれも久栄のことを思い切っていたかもしれない。

そんな想いが栄三郎の頭を過《よぎ》っていた。

——いや、それが思い切れぬのが、おれとお染の因果なのだ。

やがてそんな結論に達した時、船は武州《ぶしゅう》川越に近付いていた。

千住を朝に出た船は、川越には翌日の夕方に着く。

寺尾《てらお》河岸に着けば、お染が逗留《とうりゅう》しているという旅籠はすぐそこにある。

——入れ違いになっていなければいいが。

栄三郎は、祈る想いで新河岸《しんがし》川の辺《ほとり》をゆっくりと歩いた。

沈む夕陽《ゆうひ》が水面を赤く染めている。今日はその色がやけに赤く思われた。

〝小江戸〟と呼ばれた川越である。

千住から江戸浅草《あさくさ》と、船で繋《つな》がる湊《みなと》となればこんな時分は自《おの》ずと浮かれる。

近くの旅籠からは、三味線《しゃみせん》の音がしっとりと聞こえてくる。

これからが河岸が光に彩《いろど》られる一時なのであろう。

栄三郎は、しばし川の辺に立ち、河岸の景色を見渡した。

新河岸川の上流には、扇《おうぎ》、上新河岸、下新河岸、牛子《うしこ》、寺尾と、領主が定めた河岸場がひしめき合っている。

「お染の奴、川越で何をやってやがるんだろう」

故郷へ帰ったまま、なかなか戻って来ないお染に、何度か想いを馳《は》せたが、

「なるほど、ちょいと気分を変えるには、まったく好い町だ」

江戸ほど町が入り組んでおらず、人の流れも穏《おだ》やかだ。周囲は関東の平地が遙《はる》か遠くまで広がり、川越城の富士《ふじ》見櫓《みやぐら》がやさしく見下ろしている。

あれこれ昔馴染に呼び出され、時には旅籠で深川時代に習い覚えた芸など披露をして、喝采《かっさい》を博しているのかもしれない。

そんなことを考えると、男勝りで人に媚《こ》びぬあの女が、妙にかわいく、いじらしく思えてきた。

お染が身を寄せているのは、河岸から少しばかり北へ行ったところにあると聞いていた。

主の助太郎の名が、そのまま屋号となっている小体《こてい》な平旅籠だという。

女一人で川越へ来るなどいささか無茶な話だが、船を乗り継《つ》げばそのまま身を河岸まで運んでくれる。

お染なら一人だとて大事なかろう。

まず訪ねてみようと、栄三郎はゆったりと歩みを進めた。会えば何と声をかければよいのか、馴れ親しんだ相手というのに、栄三郎の心は晴れなかった。

すると、五間（約九メートル）ばかり前の土手に煙管を使う一人の女の姿があった。

大岩にちょこんと腰をかけ、裾《すそ》の捌き方が粋《いき》で男勝りで、素足に履いた吾妻下駄《あずまげた》が地面の上で心地よく揺れている。

手にした煙管も凝った造りで、目を凝らすと、雁首《がんくび》に飾り込まれているのは銀の蝶《ちょう》であろうか。

紛《まご》うことなきお染の艶姿《あですがた》であった。

「姐さん、好い煙管を持っているねえ」

栄三郎はニヤリと笑った。

お染は、栄三郎を認めて、一瞬ぽかんとした顔を向けたが、

「こいつは鉄五郎《てつごろう》という煙管師が造ってくれた逸品さ。羨《うらや》ましいかい？」

すぐに、ニヤリと笑い返した。

「羨ましかねえよ。おれもひとつ持っているのさ」

栄三郎は、煙草入れを掲げて見せて、

「ちょいと火を貸しておくれ」

煙管を取り出すと、火皿と火皿を引っ付けて、ぷかりと一服つけた。

それで気分が落ち着いた。

「それにしてもお染、お前とはやはり縁があるようだな」

「そうかい？」

「ああ、きっと他の女なら、こんなところで会ったりはしねえよ」

「そんなものかねえ」

「そんなもんだよ。人はよく嘘《うそ》みたいな話だとか言って疑うが、おれは今まで男でも女でも、縁のある者とは恐いほど奇遇が重なったもんだ」

「そのうちの一人が、あの御新造さんかい」

「まあ、そんなところだ」

「言ってくれるじゃあないか。ようよう取次屋！」

「妙な声を出すんじゃあねえよ」

「ふふふ。実はわっちも今日あたり、河岸でばったり栄三さんと会うんじゃあないかと思っていたところさ」

「本当かい？」

「嘘だよ」

「からかうんじゃあねえや。いい加減に退屈しているんじゃあねえかと思って、来てやったってえのによう」

「ふふふ、ありがたい人だよ栄三さんは」

「わかっていりゃあいいんだよ」

「だが、ここへ来ると御新造さんには言って出たのかい?」

さらりとした口調だが、お染は心中戸惑いをみせているようだ。

栄三郎も口ごもった。

江戸を出る時は、

「場合によっちゃあ、そのまま川越に行くかもしれない」

そのように久栄には伝えてあった。

久栄はもちろん、快く栄三郎を送り出してくれたのだが、それを言うと、いかにも気持ちが通じ合い、信じ合っている美しい夫婦だと自慢しているようで気が引けた。

夫婦なんてものは、

「もう、喧嘩《けんか》ばかりしているよ」

くらいに言っておくのがよいのではないだろうか。

「ちょいと他に野暮用《やぼよう》があってな。そのまま足を延ばしたってところさ」

久栄には伝えていないと栄三郎は言った。

「馬鹿だねえ、後で揉《も》めたって、わっちは知らないよ」

栄三郎の読みは正しかった。

お染は顔をしかめつつも、何やら楽しそうな様子で小さく笑った。

「揉めた時は、お前からうまく言ってくれ」

「嫌だよ。まだいつ帰るか決めてもいないのにさ。ふふふ……」

お染の気分もほぐれてきたようだ。

栄三郎は、頃やよしとお染に頬笑んだ。

川越へ立ち寄ったのは、礼次の今を報せてやるためであったのだ。

「で、その野暮用なんだがな……」

「わかったよ。栄三さん、近頃は何だか偉くなっちまったから、あれだろ、やっとうの指南に出向いたとか」

「それもある」

「他に何があるんだい？」

「こいつは野暮用と言っちゃあ、いけねえな……」

「そんなら何用だい」

「今は太之助となった、礼次という男に会いに、行っていたのさ」

「何だって……」

たちまちお染の顔色が変わった。

「それで、ちょいとお前と二人だけで一杯やりてえと思ってな」

栄三郎は、お染の肩をぽんと叩いた。

六

「これはよくお越し下さいましたねえ。旦那の話は、お染ちゃんから毎日伺っておりましたよ」

旅籠の主の助太郎は、栄三郎を大喜びで迎えてくれた。

五十に手が届こうかという、胡麻塩頭《ごましお》のやさしげな男であったが、かつては船頭として腕を揮った名残が、赤銅色《しゃくどう》の肌と頑丈そうな体軀《たいく》に表れていた。

かつては、お染の父・染五郎の弟分で、

「のろまなあっしを、よく引き回してくれた、ありがたいお人でございましたよ」

ひと方ならぬ世話になったと、染五郎を称えたものだ。

助太郎は客間に栄三郎を案内して、ひと通り酒肴《しゅこう》を調えると、

「色々と旦那にお聞かせしたい話もありますが、昔話は後にしましょう」

いつになく言葉少なななお染を見て、栄三郎からすぐにも聞きたい大事な話もあるのだろうと気を利かせたのか、そそくさとその場から下がった。

それほどに、お染の表情には思い詰めた緊張が漂っていたのである。

二人になると、そこは女の嫋《たお》やかさを持ち合わせているお染である。遠路はるばるやって来て、自分へのあらゆるお節介を焼いてくれたこの男に、売れっ子芸者の名残を見せて酌をした。

「こいつはありがてえ。世が世であれば、見向きもしてもらえねえ染次姐さんに、差し向かいで酌をしてもらうなんて夢のようだ」

栄三郎はおどけて言ったが、

「もうその言葉は聞き飽きたよ」

応えるお染の声は低かった。

「すまねえ、余計なことをしちまった」

栄三郎はまず詫《わ》びた。

「ありがたいと思っていますよ」

お染はそれに対して、実にしおらしく応えた。

「この広い世の中に、わっちにここまで世話を焼いてくれる男はいませんよ」

「そう言われると、何とも面映《おもは》ゆいがな」

栄三郎が頭を掻《か》くのをつくづくと見て、

「栄三さんは、何もかもお見通しだったんだねえ」

お染は、千三の吉二郎に強請られていた時、栄三郎はそれを密かに見抜き、しっかりと探っていてくれたということを、あらためて知った。

「申し訳なかったですよ。吉二郎の口まで塞いでくれたなんて……」

吉二郎がいかにお染を強請っていたかも調べあげ、栄三郎は許せぬ奴だと始末してくれた——。

薄々そうではないかと思っていたが、そこまでの危険を冒し、お染の心が未だ礼次にあると知るや、自分も久栄とのことで大変だというのに礼次の居所を探り当て、自分との間を取り次ごうとするなど、並大抵でない。

「よく、礼次さんの居所を探り当てたねえ」

「これにはちょいと人の手を借りたよ。そいつは許しておくれ」

「大よその察しはつきますよ」

　お染の頭の中に、嬉々《きき》として栄三郎に力を貸した、碇の半次の姿が浮かんでいた。

「おれは、色んな険しい道を乗り越えて、久栄という女と一緒になれた。今度はお前の番だと思ったのさ」

「礼さんは達者にしていたかい」

「ああ、このまま太之助として、水戸で生涯を終えるはずだ」

「あの人は、水戸にいるのかい……」

　栄三郎は、水戸で礼次に会うまでの経緯を述べた。

「好い男だったよ。お前が惚れるのも無理はねえや」

　礼次の後ろ盾になっている惣五郎という親分が、そっと手を回して、お染が達者にしているか調べていた話をすると、

「礼さん、わっちのことを気にかけてくれていたんだねえ」

「惣五郎って親分は、お染と一緒になって、ひっそりと水戸で過ごせば好いとも言ってくれていたそうだ」

「だが、それはできないと、あの人は言ったんだね」

「ああ。お前を危ねえ目に遭《あ》わすことになってはいけないと、辛抱《しんぼう》したそうだ」

「そういう男だよ、礼さんは……」

「だが、水戸での暮らしも安泰だ。すっかりほとぼりも冷めたはずだ。ここいらでまた元の鞘《さや》に納まるわけにはいかねえのかと、おれは思ったんだがな……」

栄三郎は、そこで言葉を途切《とぎ》らせた。

お染は、もうどうしようもない水戸のしがらみに、礼次は身を置いているのだと、栄三郎の様子を見て悟った。

「馬鹿だねえ。それが余計なお節介だっていうんだよ。あれから何年経っていると思っているんだよ」

やや沈黙の後、お染は元気を取り繕って、

「当ててあげようか。礼さんは、水戸で女房をもらったんじゃあないのかい」

にこやかに言った。

栄三郎は返事に窮《きゅう》した。

「やはりそうなんだね……」

「どうしてわかる」

栄三郎は、やっとのことで重い口を開いた。

「女には、男には思いもつかない勘《かん》が働くんだよ」

ことなげに言ったお染であるが、ふと俯《うつむ》いたうなじに、切なさが漂っていた。

「惣五郎という親分の娘が、礼次に惚れちまったんだってよう」

水戸で礼次に会った時。

「お染のことは片時たりとも忘れてはおりませんでした……」

礼次はそう言いつつ、もうお染とは一緒になれないのだと肩を震わせた。

その理由は、惣五郎の娘との婚姻であると、彼は酒と煙草でしばし沈黙した後、絞り出すような声で打ち明けたものだ。

お染が礼次に惚れたように、身近にいる女達は礼次に熱をあげた。惣五郎の娘もその一人であった。惣五郎も乾分達も礼次贔屓となればどうしようもなかった。

礼次は終生独りでいると心に誓ったが、惣五郎から受けた恩ははかり知れない。

お染のことは思い切ったのだ。惣五郎の娘婿《むすめむこ》となれば、太之助としての暮らしはますます安泰であろう。安泰であれば、お染に害も及ばぬはずだ。

お染には、秋月栄三郎という頼りになる男も付いていてくれていると聞く。悩み抜いた末に、礼次は遂《つい》に娶ることにしたのだという。

惣五郎が一席設けたのには、栄三郎を家に行かせたくない意も含まれていたのだ。家には〝太之助〟の女房がいるからだ。

「やはり、おれは余計なことをしたかい？」

栄三郎は苦笑いを浮かべた。

「余計なことじゃあないさ。礼さんもわっちも、これですっきりしたってもんさ」

お染は溜息交じりに頷いた。

「おれも迷ったんだが、互《たげ》えに達者で生きているんだ。そのことを確かめ合った方が、また明日から新たな暮らしが始まると思ってよう。お前が勝手にしたことだと笑われるかもしれねえが、随分と辛《つら》い役目だったぜ」

「何言ってやがんだい、恰好《かっこう》付けてさあ。辛いのはわっちの方さ。いっぺんに二人の好い男に振られたんだよ」

「ははは、そうだったな。お前みてえな好い女がよう。世の中はうまくいかねえな」

「まったくだよ、ふふふ……」

あれこれ割り切れぬ想いが、心にくすぶっていたが、これでもう、思い悩むこともない。

栄三郎との新たな付合いがここに始まり、想いを重ねた男の面影は、一条の記憶の光となって、時折お染の瞼を照らすのだ。

「さあ姐さん、一杯やろうか」

「そうだね。遠いところまで来てくれたんだ。唄《うた》のひとつも歌おうか」

「そいつはありがてえ」

「高くつくよ」

「堅《かて》えことを言うな。お前に旦那を世話してやるからよう」

「好いのがいるのかい？」

「そうさなあ。岸裏伝兵衛先生はどうだ」

「とりあえず空《あ》き家に放り込む、てえのはよしとくれよ」

「ははは……」

　やがて助太郎も座敷に来て、川越の夜は賑《にぎ》やかに過ぎた。

　栄三郎は、もう呑むしかなかった。

　それはお染も同様で、呑み潰《つぶ》れて枕《まくら》を並べて討ち死にを遂げる、おかしな男と女を見て、

「お染ちゃんは変わっちゃあいないねえ。あの頃のままだ。それにしてもこんな気持ちの好い男を見たのは何年ぶりだろう。まったく惜しいや。一緒になってくれたらいってもんだが、そうはいかねえんだなあ……」

　助太郎は、つくづくと言ったものだ。

栄三郎は、泥のように眠り、翌日の夕方になって、船で江戸へ戻った。

下り夜船は、一晩かけて浅草に着く。

「寝ているうちに江戸へ着くんだ。お染、お前もそろそろ帰ってこいよ」

栄三郎は、河岸まで見送るお染に強い口調で言った。

「わかった。そうするよ」

お染はもういつもの調子に戻っていた。

「竹八から文《ふみ》が届いたんだけど、又公が、赤子を育てているそうじゃあないか」

「よく知っているな。気になるのかい」

「馬鹿を言うんじゃあないよ。ほんの一時でもあんな奴に育てられたら、ろくな者にならないと嘆《なげ》いているのさ」

「だから江戸に戻って、又平にそう言ってやんな」

「うん、そうだねえ」

「そんなら、船が着いているようだから、おれは行くから、きっと帰ってこいよ」

「わかったよ……」

栄三郎は、にっこりと頬笑んで、大きく手を振ると船着き場へと向かった。

「栄三さん……」

「どうした？」

「ありがとうよ」

「うむ……」

それだけで十分心が通い合うやり取りもある。

栄三郎は、あっさりと船に乗り込み、お染は出船を見ることもなく、踵《きびす》を返す。

秋の空を見上げると、お染は生まれ育った川越よりも、何故か江戸が恋しくなった。

「礼さん、お前のお蔭でわっちは、人前に出られる顔のまま、なかなか楽しくやっているよ」

お染は、晴れ晴れとした顔で水戸の方へと目をやって、いつしか自分の手に戻った、あの打出の小槌に鶴亀が刻まれた根付を、新河岸川へそっと投げ入れた。

七

「どうも、疲れる旅だったぜ……」

己が幸せのお裾分けを、何とかお染にしてやろうなどと思ったが、礼次は栄三郎が頭に思い描いた男とは少し違った。

いや、それは栄三郎が、芝居の作者のように、勝手にお染の物語を思い浮かべていただけなのであろう。

芝居ならば、次の幕が開けばもう何年も経っているが、礼次が過ごした歳月は一《いっ》朝一夕《ちょういっせき》では語れまい。

自分と久栄がそうだったというのに、想いが叶えばあっという間の出来事で、出会うべくして出会い、離れるべくして離れ、再会すべくして再会し、そして互いに思い合い、夫婦となったのが、何やら当り前のことのように思われたのである。

それゆえ、想い合う者同士、生きていさえすれば、結びつかぬことはないという気になっていた。

――あかん、あかん、幸せに浮かれておりましたわ、親父《おやじ》殿。

浅草からまた船に乗り、水谷町へと帰る道すがら、栄三郎は大坂の父・正兵衛《しょうべえ》に心の内で語りかけていた。

久栄と一緒になるや、すぐに大坂へは文を送った。父からの返信はすぐに来た。

それには、躍《おど》るような手で、〝めでたいことやが己が幸せに浮かれることなかれ〟とあった。

正兵衛は文の様子で、息子が大層よい嫁を娶ったと知り、大喜びと戒《いまし》めをさりげない文に託《たく》していた。

いかにも親父殿らしいと懐《なつ》かしみながらも、肉親の情を思い知らされる。

幸せに浮かれるなというのは言い得て妙だ。

――まだまだ子供でござりまする。そやけど、人と人を結び付けとなるのが取次屋の性分でござりましてな。これでなかなか人からありがたがられておりますのや。

さて、久栄をいつ父親に会わそうか。

そんなことを考えて、お染の悲恋を忘れてしまおうとして、栄三郎は手習い道場に戻った。

もう今日の手習いは終っていて、家の中からは、文机《ふづくえ》を片付ける音が聞こえてきた。

「今、戻った……」

土間の内で帰りを告げると、栄三郎の声を聞いて、久栄と又平が飛び出てきた。

二人共に、栄三郎の姿を見て、ほっとした顔をしたが、その表情は冴《さ》えなかった。

さぞかし、水戸での首尾を気にしていたのだろうと思い、栄三郎は開口一番、

「目当ての相手には会えたのだが、もう他の女と一緒になって幸せに暮らしていた

よ。それで、その足で川越に立ち寄って、お染にそのことをはっきりと告げてきた……」

久栄も又平も神妙な面持ちで、

「左様でござりましたか。お染さんも、さぞお嘆きでございましょう」

「まったく、うまくいかねえもんでございますねえ」

口々に言って俯いた。

——どうも様子がおかしい。

栄三郎は、何かを自分に訴えようとしてなかなか口に出せぬ。二人にそんな気配を覚えていた。

そういえば、二人の腕の中に玉太郎がいないことに栄三郎は気付いて、

「玉太郎はどうしたんだ」

訊ねてみると、久栄と又平は、決まりが悪そうに顔を見合った。

「玉太郎は、その……」

久栄が取りなすように言ったのを、又平は目で制して、

「玉太郎は、およしが連れて帰りましたよ」

明るい口調で応えた。

「およしが来たのか？」

栄三郎は怪訝《けげん》な面持ちとなった。

「へい。きっちり訪ねてきました……」

栄三郎が水戸へ発って三日後に、およしが手習い道場に訪ねてきたという。

およしは、玉太郎を見るや抱きしめて、おいおいと泣きながら、

「又平さん、本当にありがとうございました。預かっていただいたご恩は、死ぬまで忘れません」

と、又平に頭を下げ続けた。

〝ひょうたん〟の吾平には合わせる顔がない。自分が玉太郎を立派に育てている姿を見せられるまでは、決して訪ねたりはすまいと心に決めて、方々を駆けずり廻ったおよしであった。

その甲斐あって、板橋で小間物を扱っている時に知り合った客というのが、旦那取りをしていて、今では谷中《やなか》の借家に女中を一人置いて、上げ膳据膳《ぜんすえぜん》の暮らしなのだが、訪ねてみると、

「あんたの旦那は極道者でも、あんたは真面目《まじめ》に小間物を扱っていたんだ。それがこんな目に遭うなんて……」

彼女はおよしを大層気の毒がって、旦那にかけ合ってくれたという。そうしておよしは楊枝《ようじ》屋を任せてもらうことになった。

その楊枝屋は、旦那の知り人が妾《めかけ》にやらせていたのだが、その女が若い男と駆け落ちしてしまって、空き家になっていたのだ。その持ち主も、折角《せっかく》用意してやった楊枝屋であるから、およしが切り盛りして店賃《たなちん》をしっかりと納めてくれるなら好都合だと言うのだ。

ここなら住まいも職も得られるし、玉太郎の面倒を見ながら楊枝は売れる。赤子を抱いた楊枝屋の女というのも珍しくてよいだろう――。

そうしてとんとん拍子《びょうし》に話が決まったのだと、およしは涙ながらに又平に告げたのである。

「そうかい。そいつはよかったじゃあないか。それでお前は、およしに何と言ったんだよ」

「へい。この先もお前と一緒に玉太郎を育てていきてえと……」

「そう言ったんだな。それでいい。お前が楊枝屋の亭主に納まっちまうと、今までのようにはいかねえから寂《さび》しいが、何かの折にはまた取次屋を手伝ってくれりゃあいいんだ」

「ありがとうございます」

「そうか、それでお前は冴えねえ顔をしていたんだな。おれのことは何も気にすることはねえやな。旅から帰ってくるのを待つこともなかったんだよ」

栄三郎は合点がいったと喜んだが、又平は頭を振って、

「楊枝屋には参りやせん……」

「何を言っているんだよ、おれのことなら……」

「ふられちまったんですよ」

「何だって」

「あっしとは一緒になれねえと言われましてねえ」

楊枝屋は、美しく愛想《あいそ》の好い娘を置くものだ。そこを子持ちの女に任せるなど尋《じん》常《じょう》ではないが、後家で幼な子を抱えて健気《けなげ》に暮らしている好い女となれば、男達の情をくすぐる。およしがそこを買われて店を任されたのは、又平の目にもわかる。

亭主持ちで、共に暮らすことなど出来ないのだ。

「そんな楊枝屋などやめちまえばいいんだよ。おれが口を利いてくれた人のところへ、一緒に謝りに行くよ。何と言われたって頭を下げ続けりゃあいい。これから先はおれがついているんだから」

又平はそう言った。その気持ちをおよしは涙ながらに受け止めた。それでもおよしは、

「又平さんとは一緒になれません。なってはいけないのです」

頑《かたく》なに言った。

又平と親子三人で、秋月栄三郎に見守られつつ暮らしていくのはこの上もない幸せであるのはわかる。玉太郎を引き取りに行けば又平が自分と子を望んでくれるのではないかと心が躍った。

「でも、それではわたしの気がすみません」

又平を袖《そで》にしてまでろくでなしの梅次と一緒になった身が、亭主に逃げられたから、やはり又平がよかったのだと、その好意に甘えるのは余りにも虫がよすぎて許せないとおよしは言うのだ。

「又平さんに玉太郎を預かってもらったことさえ、わたしは己が身勝手さに震えを覚えるくらいでございます。又平さんほどのお人なら、身勝手な子連れ女なんかではなくて、もっと好い相手がこの先見つかるはずでございます……」

心底そう思うのだとおよしは肩を震わせた。

赤子ゆえにかわいくとも、玉太郎は梅次の血を引く子供なのだ。次第に父親に似て

きた時、又平が何と慰めてくれようと、申し訳なさに堪えられない——。

涙ながらにそう言って、およしは無理矢理二両の金を置いて、玉太郎を抱いて去っていったのだという。

「そうかい……。およしの言うことは間違っちゃあいねえな。おれはお前の肉親と同じだから、人の悪い話だが、悲しい気持ちとは裏腹にほっとしているよ」

栄三郎は、話を聞くと何度も頷いて又平の肩を二度三度と叩いた。

その言葉に又平は癒《い》やされながら、

「酷《ひで》え女でさあ。おれを二度も袖にするなんて、旦那、どう思います？」

懸命におどけてみせた。

「ははは、確かにそうだが、二度目は袖にしたんじゃあねえや。身を引いたのさ」

「身を引いた……」

「それだけお前が立派な男になったってことさ。なあ久栄」

今の手習い道場には、こんな時に横手で相槌を打つ久栄がいる。その存在が頼もしい。

「はい。わたしもそう思います」

この何日間か、久栄はいかに又平と口を利けばよいか大変であったことだろう。

その詫びを込めて、

「久栄がそう言うんだから間違いねえさ。好きだから、惚れているから一緒になれねえこともあるんだなあ、男と女は……」

栄三郎は、久栄に頬笑みかけながら、つくづくと言った。

「とどのつまりは、お染もふられた、又平もふられた……。だがな、おれは二人のお蔭で、とっても好い話を聞かせてもらったよ。さて、今宵《こよい》は駒吉も呼んで四人で一杯やるか」

ますます物哀しくなろうとしている、秋の夕べであった。

「へい！　一杯やりましょう。でも旦那、玉太郎はほんに利口でございますよ。ここを出ていく時、ちょいとあっしを怒ったように見て、〝あばばあばば〟て言うんですよ。ありゃあきっと〝あばよあばよ〟て別れを告げていたんでしょうね……」

空元気《からげんき》で応える又平の目に、みるみる涙が浮かんできた。

第三章　親父殿《おやじどの》

一

その老人は、かなりの酒好きであった。

朝早く、駒込片町《こまごめかたまち》の家を息子と共に出て、京橋を目指しているというのに、白山権現社の境内《けいだい》で一服すると、茶の代わりに酒を頼み、やっと歩き出したかと思うと、今度は神田明神《かんだみょうじん》神社の境内で一杯やりだした。

息子はやさしい男で請《こ》われるがままに酒を呑《の》ませてやっていたが、さすがにうんざりとした顔になり、勘定《かんじょう》を済ませてしまうと、

「お父《とっ》つぁん、もう昼になっちまったじゃあないか。このままだと京橋へ着くのは明日になっちまうよ。さっさと呑んじまいなよ」

ちびりちびりと酒を呑む老人をせき立てた。

「さあ、もう行くよ……」

「うむ……」

老人は無口でもある。

若い頃は力をあり余らせて、酒が呼び水となって、騒いだり、はしゃいだり、暴れもしたらしいが、年老いてからは、白い無精髭《ぶしょうひげ》を掌《てのひら》でさすりながら、むっつりと押し黙って呑むのが常となっていた。

「わかっている」

老人は、残りの酒をぐっと空《あ》けると、やっとのことで床几《しょうぎ》から立ち上がった。

「歳《とし》を取ると、勢いをつけねえとな……」

そうして、促《うなが》されるがままに歩き出したが、勢いをつけるはずが、酒にほろ酔いの足下はますます頼りなくなる。

「勢いがつかねえなら、いっそ家に戻ったらどうだい」

「馬鹿を言うな。帰っておかねにけなされるのはごめんだよ」

父子《おやこ》は、先ほどから何度もこの会話を繰り返していた。

老人の名は歌蔵《うたぞう》という。

駒込片町で大工をしていたのだが、数年前に隠居して今は息子で大工を継《つ》いでいる、この時次郎《ときじろう》の一家と共に暮らしている。

おかねというのは、時次郎の嫁であった。

「おかねは何もお父つぁんをけなしちゃあいねえさ」

時次郎は、小石につまずいてよろける歌蔵を支えながら言った。

「あれこれ思った通りにいかなかったら、お父つぁんが嘆《なげ》くだろうと案じているんだよ」

「何も案ずることなどねえ……」

歌蔵は仏頂面《ぶっちょうづら》で応《こた》えると、おれは大丈夫なんだと言わんばかりに、勢いよく歩き出したが、やがて昌平《しょうへい》橋を渡り、八《や》ツ小路《こうじ》の広場に出ると、

「おれはちょいと休む」

〝酒〟の幟《のぼり》が立ててある休み処《どころ》を見つけて怒ったように言った。

二

「何だい作《さく》さん、人待ち顔だね……」

秋月栄三郎に声をかけられて、作太郎《さくたろう》は少し決まりが悪そうに、

「へへへ、わかりますかい」

右の手で左の二の腕をさすりながら愛想笑《あいそわら》いをした。

作太郎は、〝手習い道場〟からほど近い、真福寺《しんぷくじ》橋の袂《たもと》にある下駄屋《げたや》の主人である。

栄三郎より少しばかり歳下で、女房のおむらとの間に杉作《すぎさく》という息子がいる。この杉作が栄三郎の手習い所にちょっと前まで通っていたので、栄三郎が履《は》く下駄は、作太郎の店の物と決まっていた。

作太郎はこの辺《あた》りで生まれ、下駄屋に奉公して腕の好《い》い職人となり、やがて下駄屋の主人から店を譲られて今に至る。

製造と小売りを兼ねる〝丸作《まるさく》〟は、作太郎の他に職人を二人置き、二年前から息子の杉作が見習いとして修業を始めている。

店を取り仕切るのは女房のおむらで、彼女は作太郎に店を譲った奉公先の主《あるじ》の姪《めい》である。実に気が走る女で、女中二人を雇い、客への対応はすべて一人でそつなくこなしていた。

杉作は利《き》かぬ気で、乱暴な子供であったのだが、栄三郎の許《もと》に通わせてからはがらりと変わって、二親《ふたおや》の言うことを聞くようになったので、作太郎とおむらは夫婦して

秋月栄三郎を頼りに思っている。

「大事なお客でも来るのかい？」

栄三郎はにこやかに訊《たず》ねた。

「それが、親父《おやじ》と弟が来ることになっておりましてね」

「ああ、そうなのかい。確か作さんの弟は駒込で大工をしているっていう……」

「時次郎といいます」

「そうだそうだ。時次郎だったな。それで親父殿の名は……」

「歌蔵でございます」

「そうだ歌蔵だ。ははは、おれも惚《ぼ》けちまったかねえ、まるで覚えてねえや」

栄三郎は苦笑いを浮かべて、

「だが、親父殿がここへ来るのは珍しいんじゃあないのかい？」

「へい、わたしを訪ねて来るのは初めてでございますよ」

これまでは何度も、自分の方からは会いに行ったが、歌蔵が、作太郎の家へ来るのは、なかったと言う。

「そうだったっけな……」

弟の時次郎は、時折、〝丸作〟に顔を見せていて、一、二度会ったことはあるが、栄三郎が歌蔵の名をよく覚えておらぬのは無理もなかった。

ただ、作太郎の父親が、かつてこの辺りではなかなかにその名を知られた男であったという噂《うわさ》は何度か聞いていた。

そしてその噂は決して好いものではなかった。

腕の好い大工だったのだが、酒が過ぎて喧嘩沙汰《けんかざた》を起こしたり、帰る家を間違えて他人の家に入り込んで寝てしまったり、とにかく人の手を煩《わずら》わせたそうな。

作太郎はそれゆえ、歌蔵の許から離れて下駄屋に奉公に出た。

歌蔵の女房と、大工の親方、町内の者が口々に、

「作太郎を歌蔵の傍《そば》に置いておくと、ろくなことにならない」

と、話し合って決めたのである。

さすがに歌蔵もこれには逆《さか》らえず、作太郎が下駄屋に奉公に出るのを了承した。皆はこれで歌蔵も少しは懲《こ》りたかと思ったのだが、

「おれの倅《せがれ》を何だと思ってやがるんだ。勝手な真似《まね》をしやがって」

酒を呑むと、自分から息子を引き離した連中への怒りが湧《わ》いてきて、女房に辛《つら》く当たるようになり、

「あのくそおやじがいけねえんだ……」

ある晩、遂《つい》に大工の親方の家に酔って殴《なぐ》り込んだ。

その場は若い衆に取り押さえられて、大事には至らなかったが、歌蔵は町内にはいられなくなり、大工仲間の口利きで駒込吉祥寺《きちじょうじ》門前に移り住んだ。

今度しくじったらもう後がない——。

いかな歌蔵とてそれはわかる。

作太郎は、奉公先の下駄屋で重宝されて、かわいがられているというから心配はないものの、その下の時次郎はまだ幼かった。

せめて時次郎が独り立ち出来るまでは、しっかりと働いてこの子を養っていかなければならない。

根はやくざな性分でなかったから、女房の涙ながらの願いを受け、歌蔵はその後、酒は二合までと決め、黙々《もくもく》と仕事に精を出した。

次男の時次郎は、兄・作太郎を手許から離さざるをえず、寂《さび》しい想《おも》いをしている歌蔵の心を子供ながらに察して、自分は十二の時から父に従って大工修業に励《はげ》んだ。

歌蔵は、息子が身近にいることで緊張を覚え、二合の酒はそれからも守った。

その甲斐《かい》あって、時次郎は立派に手間取りとして独り立ちし、やがておかねという女房をもらい、子を二人生《な》し、二親と共に幸せに暮らしてきた。

「時次郎が一人前になったってことは、もう酒は二合までと決めるこたあねえんだな」

歌蔵はまた好きなだけ酒を呑み始めたが、もうその頃にはいい年寄りになっていて、前後不覚になるほど、酒を呑める体力もなくなっていた。

京橋の水谷町に一人残った作太郎も、下駄屋の主となり、女房、子供を連れて何度も駒込に訪ねるようになった。

作太郎は、時次郎と顔を合わせる度《たび》に、

「お父つぁんと、おっ母《か》さんを、お前に預けっ放しで申し訳ないねえ」

と、弟を労《ねぎら》い、

「なにを言うんだよ。水谷町に一人残って寂しい想いをしたのは兄さんなんだ。お父つぁんも昔のことがあるから、水谷町には戻りたくないだろうし、これでいいんだよ」

時次郎は、兄の気遣《きづか》いに笑顔で応える。

歌蔵が歳と共に、大工としての一線から引き始めると、作太郎が父への小遣《こづか》い銭《せん》の仕送りを受け持った。

これによって親子は、実に幸せで充実した日々を送っている――。

栄三郎は、作太郎の一家についてはそのように聞いていたので、

「親父殿も、この町では昔色々とあったようだが、ほとぼりも冷めて、時さんと一緒に帰って来るってえのは何よりだ。これで作さんも、肩の荷が下りたねえ」

そわそわとして、父と弟の到着を今か今かと店の表に出て待ち受けている様子の作太郎に頰笑《ほほえ》んでみせた。

しかし、作太郎の表情は冴《さ》えなかった。

「それが先生。肩の荷が下りるどころか、重荷がのしかかってきたような心地《ここち》なのでございますよ」

「重荷がのしかかってきた？　何か困ったことでもあるのかい？」

「はっきりとはわからないんですがね。お父つぁんがこの町に足を踏み入れるというのは何か企《たくら》みがあってのことじゃあないか。そんな気がするんですよ」

「企みねえ……」

「弟からの話では、近頃またやたらと呑むようになったとか……」

その最大の理由が、数年前に歌蔵の女房、つまり作太郎、時次郎兄弟の母親の死であった。

それからというもの、寂しさを紛《まぎ》らせたいのか歌蔵の酒量がまた増えた。

昔のように、前後不覚になって、喧嘩や揉《も》め事を起こしたりはしないのだが、呑むにつれてむっつりと押し黙り、何度も指で数を確かめて、

「うん、そうだ。いよいよその時がきた。行かねばならねえ……」

と、理由《わけ》のわからないことを口にして、やがて眠ってしまう。そんな日が続いているというのだ。

「酒の量が増えるのは許しておやりな。長年連れ添って、あれこれ迷惑をかけた女房に先立たれたとなりゃあ、その寂しさは酒で紛らすしかないんだろうよ」

所帯を持ってからは、こんな言葉にも重みが出てきた栄三郎であった。

「へい、そりゃあ、わたしもそう思うんですがね。やたらと指で何か数えているというのが妙で……」

「まあ、そこが気になるところだな。〝いよいよその時がきた。行かねばならねえ……〟か。まさか女房の跡を追って、自分も死んでしまいたいってことじゃあないだろうね」

作太郎は、その言葉に神妙に頷《うなず》いて、

「わたしもそう思って、時次郎に訊ねたんですがね……」

時次郎、おかね夫婦もまた、作太郎と同じように言葉の意を捉《とら》えて、

「お父つぁん、お前まさか死んじまいたいなんて思っちゃあいないだろうね」

と、訊ねたところ、

「お前はおれに死んでもらいてえのかい……」

ぶすっと一言返されたというから、

「そんな想いはまったくないようなんです」

――難しいおやじだな。

栄三郎は、作太郎と時次郎が気の毒になってきたが、同時に何を考えているかよくわからない、歌蔵という老人に興《きょう》をそそられてきた。

「そんなら、何を指で数えていたんだろうねえ？」

「それについては何も応えないそうなんですよ。で〝水谷町に行く〟と、ある日いきなり時次郎に言ったそうで」

「それが、今日着くはずなんだな？」

「へい。女房に死なれて、惚けちまったようでしてね。もうとっくに着いてもいいはずが、なかなか来ないのでちょいと案じられましてねえ」

何といっても、かつて親方をしくじって、逃げるように出ていった町である。

当時を知る者も、未《いま》だ何人も生きている。

それをわざわざ作太郎の家にやって来るとは、いったいどういう風の吹き回しなのか、作太郎にとっては随分《ずいぶん》と考えさせられるのである。

「なるほどねえ。まあ、作さんにしてみりゃあ気にもなるだろうが、長いこと帰ってこなかった水谷町に、何十年ぶりかで足を踏み入れるんだろ。とにかくめでたい話じゃあないか」

栄三郎が、作太郎の当惑を吹き飛ばすように言うと、俄《にわか》に下駄屋の内から、

「さすがは先生。よくおわかりになっていらっしゃいますよ」

と、女房のおむらが表に出て来た。

「こいつはおむらさん、店の前で立ち話などしちゃあ商売の邪魔だったねえ」

「とんでもないことでございますよ」

おむらは歯切れよく言葉を継いだ。

「お前さんも気が利かないねえ。ちょっと中へ入っていただいたらいいものを」

「ああそうだったねえ……」

「そうだったねえ、じゃあありませんよ。うちのお義父《と》っさんの話なんて、先生にとっちゃあどうだっていいことなんだ。それよりか、お酒でもお出しして、久しぶりに杉作を叱《しか》っていただくなど、お願いすればどうなんですよう。先生、申し訳ありませ

んねえ」

「いやいや、おれにも大坂に、気難しい親父殿がいてな。なかなかおもしろい話を聞かせてもらったよ」

ところ構《かま》わず、こんな具合に作太郎をやり込めるので、この辺りの住人の中には、おむらを敬遠する者もいるが、栄三郎はこの飾り気の無さがなかなか気に入っている。

「杉作にはまた会いに来よう。おれもこれから戻って、町の物好き達に剣術の稽古《けいこ》を付けてやらないといけなくてな」

栄三郎は、恐縮する夫婦に、

「とにかく、めでたい話だ。おれも歌蔵の父つぁんに会ってみたいものだ」

と、言い置いて手習い道場へと戻った。

ちょうど家の戸に手をかけた時、京橋の方からよろよろと歩く老人を、息子らしき男が支えるようにしてやって来るのが遠目に見えた。

「おや、来たようだな」

栄三郎は、小さく笑った。

息子の時次郎は以前に何度か顔を合わせているから、わかる。作太郎の弟らしく、いかにも職人らしいすっきりとした佇《たたずま》いの中に、父を敬愛する子供の愛敬《あいきよう》に充《み》ちた物腰が見て取れる。

歌蔵はというと、栄三郎の目には、

――ふふふ、こいつは一筋縄ではいかないおやじのようだ。

と、映った。

ここで待ち受けて、初顔合せをすましておこうかとも思ったが、それも何やら面倒である。

歌蔵が、どんな意味で、

「うん、そうだ。いよいよその時がきた。行かねばならねえ……」

と、指を数えていたのかが少々気になったが、それは長年帰るのがためらわれた故郷への帰還を、いよいよ果す時期がきたのだと、女房の死をきっかけに思ったのではなかったか。

――まあ、そんなところだろうよ。

心配するほどのことではない。二人の息子は共にしっかりしていて、いずれも父親思いである。気難しい老人だけに気になるのであろうが、それもまた幸せな一家ゆえの悩みというものだ。

——親父殿、どうやらもう一杯やってきたと見える。

歌蔵の千鳥足《ちどりあし》を眺《なが》めて、一杯引っかけないと帰ってこられなかった老人がどこか憎《にく》めず、栄三郎はニヤニヤと笑いながら手習い道場の中へと姿を消した。

三

それからほどなくして、下駄屋〝丸作〟に歌蔵と時次郎が到着した。

歌蔵がこの町に姿を現すのは、もう二十五年ぶりくらいになるが、作太郎、おむら、杉作とは、一年の内に何度も顔を合わせているので、互いにそれほどの感慨はなかった。

近所の連中とて、よろよろとした足取りで下駄屋に入っていった老人が、かつて酒に酔って何度も騒ぎを起こした、大工の歌蔵だと認めた者もなく、その夜は〝丸作〟の奉公人達との顔合わせをすまして、身内だけのささやかな宴《うたげ》が開かれた。

膳《ぜん》には、歌蔵の好物である沙魚《はぜ》の甘露煮《かんろに》や、里芋の煮物などがのぼったが、おむらが仕度をする間、

「遅くなってすまなかったね。せっかくだからお父つぁんと方々立ち寄ってお参りを

したら、こんな時分になっちまったんだ」

時次郎が詫《わ》びると、

「お参りをしたいというより、境内で酒を呑みたかったんだろう。お父つぁん、時次郎を困らせるんじゃあないよ」

作太郎は時次郎を労《いたわ》り、歌蔵を窘《たしな》めた。

歌蔵はというと、息子二人に、

「うん……、ああ……」

と、言葉少なに応えるばかりで、膳が運ばれてからも、黙って酒を呑んで、時折二、三度頭を縦《たて》に振ることで、おむらに、

「うまいよ……」

という気持ちを伝えはするものの、今回の帰郷についての想いは何も言わぬまま、すっかり酔っ払ってしまった。

そうして、

「今宵《こよい》はもう休むよ」

来た時より、さらによたよたとして、奥の一間にごろりと横たわり、死んだのではないかという恰好《かっこう》で、そのまま眠ってしまった。

作太郎は、杉作に布団《ふとん》をかけさせると、大きな溜息《ためいき》をついて、

「すまなかったな。相変わらずこんな調子なのだろうね」

時次郎に、呑み直しの酒を注《つ》いだ。

「まあ、そんなところだが、黙って酒を呑んでごろりと横になる、ただそれを見守っていればいいだけなので、楽なものさ」

「楽じゃあないだろうよ。お前は腕の好い大工で引く手あまただというのに、こんなことに付合わせて申し訳ないと思っているんだ」

「気にしなくていいよ。その辺りの差配は、親方がうまくやってくれているからね」

時次郎は、兄がわかってくれていると思うと、今日の疲れも消えてなくなったが、

「そんなことより、明日から厄介《やっかい》なことになりそうだ……」

「厄介なこと？」

「お父つぁんが、どういうわけで、久しぶりにここに帰ってきたかってことさ」

時次郎が溜息交じりに言った。

作太郎は怪訝《けげん》な表情となり、

「おっ母さんが死んじまって、手前《てめえ》の命もいつまでもつかが気になってきた。それで、生きている間にもう一度この町を訪ねておきたくなった……。そんな理由じゃあ

ないのかい」

「おれもそう思っていたんだが、お父つぁんはこの町に何の未練もないようだ」

「なるほど、やはり何か理由があったのか……」

作太郎もまた溜息をついた。

秋月栄三郎は、歌蔵が水谷町に久しぶりに戻ってきたのは、何がさてめでたい話だと言ってくれたが、どうやらそうでもないらしい。

栄三郎に同調していたおむらは、兄弟二人の話に立ち入らぬようにと、今は台所で一人茶漬を啜《すす》っていた。

「いったい何を始めようというんだい。まさか昔の仇《かたき》を討ちに来たわけじゃあ……」

こうなると作太郎の頭の中には、まだ幼い時に見た父の思い出が蘇《よみがえ》ってくる。

「そんなんじゃあないよ」

時次郎はふっと笑って、

「今朝になって俄に言い出したのさ……」

それまでは、

「作太郎の家にちょっとの間、厄介になる……」

ついては繋《つな》ぎを取ってくれるようにと、ただそれだけを時次郎に告げていた歌蔵であった。

作太郎の家に行って数日泊まるということは、かつて追い出された因縁のある町への帰郷を意味する。

年に何度も会っているから、作太郎が恋しくなったわけでもなかろうから、時次郎は大いに面食《めんく》らったものの、息子の家へ行くと言うのに、あれこれ理由を訊ねるのも気が引けた。

歌蔵も特にそれについては何も語らなかったので、そのまま今朝を迎《むか》えたのだが、朝餉《あさげ》をとっている時、

「羽織《はおり》を持っていくから用意を頼む」

歌蔵は、不意に言い出した。

「羽織を、どこに着て行くんだい？」

訊ねてみると、

「中川《なかがわ》様の御屋敷だ……」

歌蔵は、ぽつりと応えたのだという。

作太郎は、ぽかんとして首を傾《かし》げ、

「中川様の御屋敷？」

「ほら。お父つぁんが大昔に、御屋敷の普請《ふしん》に行って、お殿様にお声をかけていただいたって話を覚えていないかい」

「ああ、そういえば、そんな話を聞いたような……」

それは、かつて歌蔵の自慢話のひとつであった。

まだ若い頃に、大名屋敷の普請場で働いていると、歌蔵の手際《てぎわ》が殿様の目にとまり、

「うむ、天晴《あっぱ》れじゃ」

と、称されて、留守居役《るすいやく》を通じて〝感状《かんじょう》〟なる書付まで下されたというのだ。

その大名というのは、豊後国岡《ぶんごのくにおか》で七万石を領する中川修理大夫久貞《しゅりのだいぶひささだ》で、上屋敷は水谷町からはほど近い、鉄砲洲《てっぽうず》の西方にある。

「だが、お父つぁんがその普請に行ったのは、もう四十年も前のはずだろ。それから出入りさせてもらっているなどとは聞いたこともないし、今さら何の用があって御屋敷へ行くと言っているんだい？」

「さあ、そこなんだよ」

時次郎は、女房のおかねと共に、その辺りの事情を代わる代わる訊ねてみた。

歌蔵は、それに対してぽつりぽつりと応えるのだが、どうも要領を得ない。しまい

には顔をしかめて、

「だからよう。ご褒美《ほうび》をくださるってえから、ちょうだいしにあがるのよ」

怒ったように言ったものだ。

「ご褒美？　何だそれは？」

作太郎は目を丸くした。

「どうもわからない話だろ。機嫌が悪くなるから、根掘り葉掘り訊《き》くわけにもいかねえし、苦労したよ」

「そうだろうな。ご苦労だったな」

「まあ、それで辛抱《しんぼう》強く訊き出したところによると、四十年前に御留守居役の旦那《だんな》が、いつか褒美をやると言ってくださったそうなんだよ……」

四十年前、中川家の江戸留守居役は、歌蔵に感状を下すと、

「本来ならば、十や二十の褒美を与えたいところだが、生憎《あいにく》豊後の御領内は天災続きで、民《たみ》百姓は困窮《こんきゆう》をいたしておってな。それを救うてやるために掛りがいってのう。今はこれで辛抱してくれ。三十年、四十年もたてば、もうすっかりと御領内も落ち着いていようから、その時が来れば、この書状を持参し訪ねて参るがよいぞ」

などと言ったらしい。

「お父つぁんはそれを真《ま》に受けたというのか」

「真に受けたというより、近頃になって、ふっと思い出したようなんだよ」

「馬鹿な話だ……」

作太郎は唸《うな》り声をあげた。

留守居役が言ったことの中で、唯《ただ》ひとつ真実なのは、四十年前に中川家の領内に大雨や地震が相次いで起こり、その財政が逼迫《ひっぱく》したという件であろう。

この時、中川家の老臣達は当主・久貞と知恵を絞《しぼ》り、普請などがあると殿様の巡見を仰《あお》ぎ、久貞はここぞという職人達に言葉を下し、家来に〝感状〟を作らせ下賜《かし》した。

職人達を喜ばせておいて、手間賃を値切るためであった。

そういう意図がわかっていながらも、職人達は中川家の策に乗った。

中には威丈高《いたけだか》に手間賃を値切ったり、踏み倒したりする大名、旗本《はたもと》もある中で、

「何とも心憎いじゃあねえか」

と、〝中川のお殿様〟を慕《した》ったのである。

そうして、〝十や二十の褒美〟〝三十年、四十年もたてば〟などと、曖昧《あいまい》にして不可能な言葉を並べて、その場その場を切り抜けたのである。

そんな理屈は、長年職人として暮らしてきた者なら誰にでもわかる。

恐らく、書付をもらった時の歌蔵も、それはわかっていたと思われる。ところが、長い歳月が経《た》ち、大工仕事からも離れ、近所の家の小回りの用を足すだけの隠居暮らしとなり、ふと自分が輝いていた頃の出来事を思い出したのであろう。

そして、確かにあの時、留守居役は自分に対して約束した。その言葉を繋ぎ合わせてみると、歌蔵の頭の中で、

「三十年過ぎれば、御領内も豊かになっていようから、十両ばかりの褒美をきっと遣わそう、時がくれば、その感状を持って訪ねて参れ」

と、なったようだ。

「それは思い違いだと言わなかったのか？」

「何度も言ったさ」

時次郎は、女房のおかねと二人で、

「お父つぁん、そんな大昔の話を、誰も覚えちゃいないよ」

「わざわざ出かけて、嫌《いや》な想いをすることになりますよ」

と、宥《なだ》めたのだが、

「おれは、こいつを持っているんだ。お見せすれば思い出してくれるさ」

歌蔵はそう言って聞かない。

「武士に二言はないと言うだろう」

仏頂面で応えてからは、もう何を言っても無駄で、ただむっつりとして朝餉を終えると、一張羅《いっちょうら》の羽織を風呂敷《ふろしき》に包んで襷《たすき》にかけ、とぼとぼと歩き出したのだ。

「何度も止めたんだが、道端《みちばた》で押さえつけて連れ戻すわけにもいかねえじゃあねえか」

「そりゃあそうだな。そいつはみっともねえもんな……」

「ともかく、兄さんの家へ連れていって、酒を呑ませて眠らせて、何か好い知恵が出てこねえかと思ったのさ」

「好い知恵ねえ。さて、どうしたもんだろうなあ」

しばし兄弟は、頭を抱えながら酒を呑んだ。

久しぶりに水谷町に帰ってきたというのに、これでは恥をかくために戻ってきたようなものである。

何よりも二人は、いつの間にかどうしようもなく惚けてしまっている父親を、まのあたりにして、それが何ともやりきれなかったのである。

日頃無口なだけに、歌蔵が何を思い、酒を呑むことの他にどんな望みがあるのか。

まったく見えてこなかった。

「もう少し、気をつけてやればよかったのかもしれねえな」

一緒に暮らしながら、そこに気が廻《まわ》らなかったのが、時次郎には悔《く》やまれる。

「何を言っているんだい。お前は本当によくしてくれているよ。元はといえば、おれがお父つぁんの跡を継いで大工になり、面倒を見ねえといけなかったんだ」

「ははは、兄さんが下駄屋に奉公に出たのは、おっ母さんと周りの大人が決めたことじゃあないか」

「まあ、そりゃあそうだが……」

「明日一日は何とかなるよ。その間に考えよう」

「明日、中川様の御屋敷に行くと言い出すんじゃあないか」

「いや、今日の酒の呑み具合からすると、明日は昼過ぎくらいまでは動けねえよ」

「そんなに呑んでいたか？」

「近頃は、すっかり弱くなっちまったのさ。お父つぁんも、この家に初めて来たから、何やら気が逸《はや》って呑まずにいられなかったようだから、まず明日はなかなか起き上がれないはずだ」

「そうか、そんなら考える間は少しあるな」

兄弟は小さく笑って頷き合った。

そこへ、おむらがちろりで燗《かん》をつけた酒を運んできて、

「話はそこで聞いていましたけど、中川様の御屋敷へ出向いたりして、お手討ちにならないようにしておくれよ」

嘆きながら二人に酒を注いだ。

「お手討ちなんて、脅《おど》かすんじゃあないよ」

「いや、義姉《ねえ》さんの言う通りだ。気をつけねえとな」

作太郎と時次郎は首を竦《すく》めた。お手討ちになるのも恐《こわ》いが、この気の強いおむらが歌蔵に怒り狂う姿を頭に思い浮かべると、何よりも恐ろしい。

「ここはひとつ、栄三先生に一肌脱いでもらったらどうなんです」

おむらは、この人の好い兄弟を見廻すと、自らも小ぶりの茶碗《ちゃわん》に酒を注いで、ぐぐっと腹の内へと流し込んだ。

四

翌朝。

作太郎、時次郎兄弟の姿は、手習い道場の細い土間の右手にある、栄三郎の居間にあった。

時次郎が予期した通り、歌蔵は死んだように床《とこ》に臥《ふ》し、なかなか起き上がることが出来なかった。

「今日は一日ゆっくり休んでくださいよ。こんな様子で外へ出て、怪我《けが》でもしたら大変ですからね」

おむらにぴしゃりと言われると、歌蔵も言葉が出ず、夢うつつに、

「おれも歳を取ってしまったよ……」

いささかしゅんとした様子になり、また眠りについた。

そうして兄弟は、その間隙《かんげき》を衝《つ》いて秋月栄三郎を訪ねたのである。

「そいつは大変だ。二人共これじゃあ、仕事どころじゃあないだろうね」

話を聞くや栄三郎は、いささか呆《あき》れ顔をしたが、

「頭ごなしに父親を叱りつけたりしないところが泣かせるじゃあないか。親孝行な兄弟のために、一肌も二肌も脱ごう」

まず二人を労り、取次屋として快《こころよ》く胸を叩《たた》いた。

部屋の外からは、次々とやって来る手習い子達の賑《にぎ》やかな声が聞こえてきた。今は

その面倒を久栄が見ている。

久栄が嫁《とつ》いで来て、栄三郎の取次屋の仕事は、今までよりもさらにし易《やす》くなったというものだ。

作太郎と時次郎は、ほっと胸を撫《な》で下ろした。秋月栄三郎が相談に乗ってくれるというだけで、あらゆる呪縛《じゅばく》から解き放たれたような気になるから不思議なものだ。

「で、作さんと時さんは、親父殿をどうしてやろうと思っているんだい？」

栄三郎が問うた。

「こうなったら、とにかく気が済むようにさせてやるのが何よりかと」

作太郎が応える横で、時次郎は大きく相槌《あいづち》を打った。

「まず、中川様の御屋敷へ連れていくってことだな。おれもそうするのが、すっきりとしていていいと思うが、下手《へた》をすりゃあ、無礼討ちもんだな」

「ええ、そこんところを先生にお知恵をお借りできねえかと思ったのでございますよ」

「褒美をもらうのは、もう諦《あきら》めてもらうしかないが、門前払いを喰《く》わせられるのは、かわいそうだ」

「といって、もう四十年も経てば、その時の御留守居役も生きちゃあおりますまい」

「書付を持っていたからって、かえって怪《あや》しまれましょう」

作太郎と時次郎は、口々に言った。

中川家上屋敷まで付いていってやるしかないが、門番が軽くあしらえば、近頃惚けてきている歌蔵が怒って書付を見せつけ、騒ぎになる恐れは大である。

こっちまでたかりの類《たぐい》と思われても困る。

「とはいえ、老い先短い父親が、御屋敷から叩き出される姿は見たくないし、そんな目に遭《あ》ってもらいたくもない。そういうことだな？」

兄弟は神妙に頷いた。

「できれば、親を騙《だま》してでも、好い心持ちのまま、水谷町で過ごさせてやりたい……。うむ、それが何よりだ」

栄三郎は念を押すと、

「とにかく今日一日は、親父殿を外に出さぬように。できれば中川家の家中に伝《つて》を求めて、きっちりと得心《とくしん》させてやりたい」

そのために時を稼ぐようにと兄弟に告げ、あれこれと段取りを打ち合せた後、又平を走らせて、自らは岸裏道場に向かったのである。

「武士と町の衆の間をうまく取り次ぐか……」

手習い道場からの帰り道、時次郎は感心して、

「あの栄三先生てえのは、杉作が通っていた手習い師匠なんだろう」

「ああ、おかしなお人だろう」

「いいなあ、この町にはあんな旦那がいて」

「時次郎にとっては、もう駒込が故郷みてえなもんだからなあ」

「子供の頃に、親父に連れられてここを出たからね。兄さんは何度も足を運んでくれているからわかるだろうが、駒込も好いところさ」

「ああ、好いところだ。この辺には吉祥寺みてえな大きな寺は、〝お酉様《とり》〟まで行かねえと見当たらねえからな」

「だがなあ、時折、がきの頃のことを思い出すんだ。兄さんが下駄屋に奉公へ出て、さておれはいってえどこに行かされるんだと、子供心に思っていたら、親父は大工の親方をしくじっちまって、町を出る時は随分と寂しかったよ」

「そうだろうな……」

兄弟の話す声がしんみりとしてきた。

もちろん、奉公に上がったとはいえ、二親と弟が水谷町を離れ、駒込に行ってしま

った時は、作太郎も一人残されて寂しい想いをしたであろうことはわかっている時次郎である。

「くだらねえ話をしてしまったね」

　再び、笑顔を取り繕《つくろ》って、

「ここへ親父を連れて来てよかったよ。駒込に何度も足を運んでくれたが、兄さんとこんなに話をしたことは、ここ何年もなかったからな」

「そういやあそうだな。ちょいと惚けちまって、手を焼かされるものの、親父はおれ達を繋いでくれているってわけだ」

「だから少々の面倒は、大目に見てやっておくれな」

「お前がおれに頼むことがあるものかい。まずは明日だな。時次郎、お前すまねえが、親父に付いてやってくんな」

「任《まか》してくれよ。だが、親父はまたどうして褒美の話を思い出したんだろうな。もう金も何も要《い》らねえ、なんて日頃からずっと言っていたのになあ……」

　二人はそのまま、作太郎の家へ戻った。

　さすがに昼近くとなり、歌蔵も寝ていられなかったのであろう。床を出て、下駄の拵《こしら》え場にいて、孫の杉作の仕事をじっと眺めていた。

鑿《のみ》や鉋《かんな》を使わせたら右に出る者はいないと言われたこともあった歌蔵である。下駄職人が使う釿鑿《じゅうのう》を手に取り、木片を削《けず》ってみたりしている姿も堂に入っていた。

「お父つぁん、昨日の酒がまだ残っているだろう。そんなものを手にしてたら怪我するよ」

時次郎は、歌蔵をどう扱っていいかわからずに、当惑している杉作と職人達に気遣ってまず窘めた。

歌蔵は、兄弟二人してどこへ出かけていたのかなど、一言も問わずしばし道具と戯《たわむ》れていたが、

「おれは酔っちゃあいねえ。御屋敷へ行かねえとな」

やはり、中川屋敷へ行くことだけは忘れていなかった。

「いけねえよ、いけねえよ」

時次郎は、そんな頭がすっきりしない様子で御屋敷へ行くなど、

「誰に会うかもわからねえんだから、明日の昼まで待つんだよ」

と、宥めた上で、三十間堀端《さんじっけんぼりばた》へと連れ出し、木挽町《こびき》の芝居《しばい》町辺りを散歩して、すぐに作太郎の家へと戻った。

歌蔵はどこを歩いても、懐《なつ》かしさを覚える風でもなかったし、時次郎にしてみれ

ば、昔馴染《なじみ》にばったりと会うのも避《さ》けたかった。

「お前の言う通りだ。御屋敷へ行けば、御留守居役に会うかもしれねえものな」

歌蔵にとっては、御屋敷へ行くことだけが頭の中にあるようだ。

作太郎と時次郎は、この日も早めに夕餉《ゆうげ》をとり、歌蔵に酒を呑ませ早々と眠らせた。

そうして、翌日の昼前となって、時次郎は歌蔵に羽織を着せて、いよいよ中川修理大夫の上屋敷へと出かけた。

「お父つぁん、大丈夫かい」

「ああ……」

昨日は酒を控え目にしたので、歌蔵も今日は幾分気持ちはしっかりしているようで、その物腰にはこれから自分は大名屋敷に行くのだという緊張が漂っていた。

時次郎は、真福寺橋を渡ると、すぐ南に進路を取り武家屋敷街をすり抜けるようにして、軽子橋《かるこ》を目指した。そこを渡ったところに中川家上屋敷がある。

かつて歌蔵が、上屋敷の普請に通った時は、当時暮らしていた水谷町の稲荷社脇《いなりしやわき》にあった裏店《うらだな》から、そのまま東へ進み南八丁堀の通りに出ていたので、

「時次郎、お前は中川様の御屋敷を知っているのか」

と、怪訝な顔をしたが、

「きっちりと調べてあるよ。南八丁堀を通ると、昔馴染の大工なんかに出会うかもしれないから面倒だろう」

時次郎はその問いに涼《すず》しげな顔で応えた。

「うむ……」

歌蔵にもその意味はわかる。逆らわずに道を急いだ。

時次郎にこの道を通るよう指示したのは秋月栄三郎であった。

「親父殿はちと惚けているようだが、武家屋敷に囲まれた道を歩くと、それなりに気も引き締《し》まろうよ」

というのだ。

確かにその効果は現れつつある。家中の武士に会った時に何と言おうかと、歌蔵なりに思うところがあるのだろう。何やら口の中でぶつぶつ言い始めた。

そのうちに軽子橋が見えてきた。橋の袂には、微行《びこう》姿の武士とその奉公人らしき二人がいて、父子の様子をそっと窺《うかが》っていた。

二人は、栄三郎と又平である。

栄三郎は、歌蔵がそわそわとして、周りの物が何も目に入らぬ様子であるのを認めて、時次郎にそっと頷いてみせた。

「ところでお父つぁん……」

時次郎はそれに反応して、歌蔵に問うた。

「御屋敷に着いたら、どなたをお訪ねするんだい？」

「どなた？」

歌蔵は口ごもって、

「そりゃあお前、お殿様をお訪ねするわけにもいくめえ」

「当り前だよ。下手なこと言ったら首を刎《は》ねられるよ。勘弁《かんべん》してくれよ」

「だ、だから御留守居役様だよ」

「幾つくらいのお方だ？」

「五十くれえだったかな」

「てことは、今生きていたら九十くれえかい」

「……。死んでるだろうな」

「そんなら、生きている御留守居役は、お父つぁんのことを知っているのかい」

「知っちゃあいねえよ。だが、こいつには見覚えがあるはずだ」

歌蔵は自慢の書付を懐《ふところ》から取り出した。

感状といっても、ほんの三行ばかりに、歌蔵の腕を称《たた》えてあるだけで、殿様の花押《かおう》はなく、当時の留守居役が己《おの》が名で適当に書いたような代物であった。

——こんな物で値切りやがって。

時次郎は、そのような腹だたしさと共に、大した支払いも出来ないがよく勤めてくれたと、気遣いをみせた当時の留守居役と、それを〝感状〟だと喜び後生《ごしょう》大事にしてきた大工の稚気《ちき》におかしみをも覚えていた。

「だがお父つぁん、門番にいきなりこいつを見せたって何のことだか、よくわからねえんじゃあねえのかい」

「そいつは、わかってもらわねえと困る……」

歌蔵は、何も考えず感状だけを手にしていれば屋敷に入れるものだと思っていたが、それがどうもうまくいかず苛々《いらいら》としてきた。しかし、武家屋敷街の重々しさに気《け》圧《お》されて、この場で怒ることも出来ず、ますます仏頂面になっていた。

軽子橋の袂では、栄三郎がそれを見て、

「よし、今のところうまく運んでいるようだな」

ニヤリと笑って右手を挙《あ》げた。それが、〝中川家の用人《ようにん》〟が登場する合図であった。

ああでもない、こうでもないとぶつぶつ言う歌蔵を宥めるようにして、時次郎が橋を渡ると、中川家屋敷の表門に続く道の角から、立派な身形《みなり》をした武士が、従者を連れてやって来るのが見えた。

「お父つぁん、好いところに出て来てくれたよ。ありゃあ、中川様の御家中の御方に違いない。まず訊いてみよう」

時次郎は武士を見ながら歌蔵に告げた。

「あ、ああ、そうしてくれ」

歌蔵は、ここぞとばかりに時次郎に感状を託《たく》した。

時次郎は、向こうからやって来る武士が、扇で右肩を三度叩いたのを合図と認め、恭《うやうや》しく畏《かしこ》まってみせた。

「もし、お武家様は、こちらの御屋敷の御家中の御方にございますね」

「うむ、いかにも左様《さよう》じゃ」

いかめしく、それに応えたのは、中川家家中の者ではなかった。

このところすっかりと鳴りを潜《ひそ》めていた、秋月栄三郎の剣の弟弟子・岩石大二郎《いわいしだいじろう》――。言わずとしれた、浅草奥山《おくやま》の宮地《みやち》芝居〝大松《だいまつ》〟の役者・河村文弥《かわむらふみや》である。

昨日、又平がひとっ走りしたのは、文弥の許であった。

栄三郎は、中川家家中に伝を頼み、何とか屋敷の中へと入れてもらった上で歌蔵の褒美の件のけりをつけようと考えていた。

岸裏道場が関わる出稽古先の中に存じよりの者がいないか、さらに旗本三千石・永井勘解由の用人・深尾又五郎《ふかおまたごろう》を訪ね、心当りはないか訊ね回っているのだが、なかなか埒《らち》があかない。それゆえ、しばらくの間は、あらゆる手を使って歌蔵の気持ちを和《なご》ませ時を稼ごうとしたのである。

そうして、謎《なぞ》の用人・石岩大三郎を、河村文弥に演じてもらおうとしたのであった。

「して、某《それがし》に何用じゃ」

文弥は落ち着き払って問うた。このところすっかりと鳴りを潜めていたのは、芝居の方がやっと忙しくなってきたからである。だからといって、この謎の用人役が上手だとも思えぬが、歌蔵を一時騙すのには十分である。

「ええい、御用人様は何かと御多用にあらせられるぞ。ええい、きりきりと、申せ申せ……」

従者の役は河村八弥《はちや》である。文弥と同じ一座の役者だが、その芝居は前よりも尚《なお》くさくなっていた。

遠目にもわかる様子に、栄三郎は顔をしかめたが、歌蔵はひたすら畏まっている。

「まず、親父殿にはこれくらい大袈裟《おおげさ》な方がいいかもしれねえな」

傍《かたわ》らで含《ふく》み笑いをする又平に、そっと告げた。

上屋敷の前では、

「なに、かつて当家の御留守居役が下した書状とな……。うむ、これは確かな物である。さりながら、この書状に認められし名の者は既《すで》に当家にはおらぬ。また、今の御留守居役は、ちと所用あって屋敷にはおらぬ」

文弥の芝居は続いていた。

「畏《おそ》れながら……」

歌蔵は、やっとのことで口を開いた。

「御留守居役様が、御留守とは、またとんだことで……」

こういうところ、頭は働くらしい。

「左様、留守を務める御留守居役が留守をするくらいであるから、いこう大変なのじゃ」

文弥は、わけのわからない台詞《せりふ》を発しつつ、時次郎に逗留《とうりゅう》先を訊ね、

「折《おり》を見て、下駄屋に遣いをやろう。さてそれまでは、さらば……」

「さらば……」

と、八弥が合わせ、

「さらばじゃ！」

役者二人は去っていった。

時次郎は笑いを押し殺して、

「お父つぁん、よかったな。この書付はまだ生きていたんだな」

歌蔵を促すと、栄三郎にそっと頷きかけて歩き出した。

歌蔵は、きょとんとした顔をしていたが、素直に息子に従った。

「よし、もう一手間かけりゃあ、あの親父殿も、褒美のことは思い切って、久しぶりのこの町を懐かしんでくれるだろう」

栄三郎はほっと胸を撫で下ろし、

「それにしても又平……」

「へい」

「文弥と八弥、いつまで役者を続けるんだろうな」

「好きなことをして、生きていられりゃあ何よりですよう」

「まあ、そうだな……」

五

「そうかい。今日のところは上手《うま》くいったんだな。いや、まずは一安心だな」

作太郎は、時次郎の報《しら》せを受けて、ほっと息をついた。

「だが、おれも財布を忘れるなんて、うっかりとしていたよ」

時次郎は頭を掻《か》いた。

中川家上屋敷を後にしてから、歌蔵が鉄砲洲界隈《かいわい》を歩いてみたいと言うので、時次郎はその供をして、佃島《つくだじま》が見渡せる船松《ふなまつ》町の渡し場から、湊《みなと》稲荷社の辺りまで歩いた。

すると稲荷橋の袂に、葭簀《よしず》掛けのおでん屋台が出ていて、歌蔵はその風情《ふぜい》が気に入ったようで、

「ちょいと一杯やりてえ……」

と、言い出した。

歌蔵なりに、張り詰《つ》めていたものがあったのであろうと思いやり、二人並んで床几に腰かけ、おでんを食べ、熱いのをつけてもらって一杯やり出したのはいいが、時次

郎はそこで財布を忘れてきたことに気付いて、

「お父つぁん、一杯やっといてくんな。おれは〝丸作〟までひとっ走りして財布を取ってくるからね」

そうして慌《あわ》てて戻って来たのだ。

「とにかく、おれの財布を持って行きゃあいいさ」

作太郎は、懐から革財布を出して時次郎に手渡すと、

「そういやあ、お父つぁん、おれ達がまだ小せえ頃は、よく海を見に連れていってくれたなあ」

懐かしそうに言った。

「おれもそれを思い出していたんだよ」

時次郎は、財布を押しいただいて懐にしまうと、ほのぼのとして言った。

「その話を、お父つぁんにしたかい？」

「したけど、〝うん〟とか〝そうか〟とか応えるだけで、話す甲斐のねえことだよ。はははは、いつからあんな風になっちまったのかねえ」

「まったくだな……」

作太郎も笑ってみせた。

歌蔵が鉄砲洲界隈を歩きたいと言ったのだ。日増しに無口で頑《かたく》なになっていくこの年寄りにも、昔を懐かしむ想いは残っているのであろう。

酒好きで、それが祟《たた》ってあれこれと騒ぎを起こしたものの、作太郎と時次郎を鉄砲洲の海辺へ連れて行き、沖合を通る大船を見つめながら、

「作太郎、時次郎、あの船を見ろ。職人てえのはあんなに大きなものを、鑿や鉋を揮《ふる》って一から拵えるんだ。お前らも、立派な職人になるんだぜ」

などと兄弟に言い聞かせていたのを、兄である作太郎は、時次郎よりもよく覚えている。

「おっと、こんな話をしている場合じゃあなかったよ。兄さん、とにかくお父つぁんにはほどほどに呑ませて帰るから、一旦《いったん》取って返すよ」

「わかった。用を済ませたら、おれもおでんを食べに行くよ」

「ああ、そうしてくんな。ちょいと財布を借りておくよ」

まず今日のところは上手くいったと、兄弟は確かめ合い、時次郎は、歌蔵が待つ屋台へと走った。

駒込の家は裏店であるが二階付きで、その一間が歌蔵の隠居部屋である。

一間に続く物干し台に出て、煙管《キセル》を使いながら黙念《もくねん》と空を見上げているか、頼まれ

もしない長屋の改修を気儘《きまま》にするか、後は酒を呑んで寝てしまう――。

いつの間にかそんな暮らしが当り前となった歌蔵と、父と息子として向き合うことなど長く絶えていた。

男というものは、一家を成し、子を生し世に送り出せばひと通り生きたことになる。そうして老人となり、余生を静かに送れるのならば幸せだと言えよう。

働き盛りで日々忙しく暮らす時次郎は、ほとんど口を利かずとも、子や孫と共に暮らし、〝お父つぁん〟〝祖父《じい》さん〟と声をかけられているだけで歌蔵は満足しているものだと思い込んでいた。

しかし、誰に対してもぶっきら棒でいる年寄りとて、腹の内には野望や欲を秘めていたのだとすると、それに気付かずにいた自分が悔やまれる。

わかっていれば、もう少し日頃から無理にでも捉えて話をしていたであろうし、いきなり御屋敷を訪ねるなどと言い出さなかったのではないか。

気難しい年寄りだから、当り障りのないようにそっとしておこうというのは、親と正面から向き合うのが面倒であるがための言い訳でしかない。

時次郎は稲荷橋へと駆《か》けながら、そんなことを考えていた。

屋台がすぐそこに見えてきた。まだ日は高かったが、葭簀の内には歌蔵の他に、数人の客がいて、おでんで一杯やっているようだ。

「お父つぁん、待たせたね……」

時次郎が、屋台のおやじに会釈《えしやく》して、歌蔵の横に腰かけると、

「おう、歌さん、この兄《あに》さんは下の倅かい？」

隣の床几に陣取っていた客の一人が声をかけてきた。

「そうだ……」

歌蔵は無愛想に応えたが、時次郎が財布を取りに行っていた間に、ここで昔馴染と出会って話をしていたようだ。

声をかけてきたのは五十絡みの恰幅《かつぷく》の好い男で、同じ年恰好の連れと二人で呑みに来ていた。いずれも職人風で、そういえば昔顔を見たことがあったような気がする。

「てことは、お前は時次郎だな……」

恰幅の好い男が言った。

「へい、左様で……。小父《おじ》さんは確か……」

「東吉《とうきち》だよ。それでもって、こいつが輝松《てるまつ》だ。覚えてねえかい？」

「とんでもねえ。がきの頃はよく構ってもらいましたよ」

時次郎の記憶が蘇った。東吉と輝松は、二人とも歌蔵の弟分の大工で、何度も家に

酒を呑みに来ていた。

その頃は歌蔵も勢いがよく、何かというと、まだ若かった東吉と輝松を叱りつけていたものだ。

「東吉！　輝松！　まったくお前らみてえなのろまに、大工が務まるかってえんだ馬鹿野郎……」

こんな調子であったから、東吉と輝松の名は何度も耳にしていた。

「そうかい、覚えてくれていたとは嬉《うれ》しいや」

東吉が大きな体を揺すると、

「お前に小遣いやったこともあっただろ」

細身の輝松は、顔に無数の皺《しわ》を浮かべた。

二人は、ここで歌蔵を見かけて、

「歌さん、来ていたのかい。こいつは何年ぶりだろうね」

「夢を見ているようだぜ」

と、大いに驚いて、昔話に華を咲かせていたという。

といっても、歌蔵は二人を、忘れていたわけではないようだが、久しぶりに会った
とてこれといった感慨もなく、

「うん、そうなのかい。まあそんなところだろうな……」

　こんな返事を繰り返すだけであった。

　話の内容から察するに、東吉と輝松は今でもこの辺りで大工の手間取りとして暮らしているらしいが、元より歌蔵が腐《くさ》していた二人である。歌蔵がこの町から出ていってからも、大工の腕を上げたわけでもなく、近頃では歳も歳だけに隅《すみ》に追いやられているようだ。

　惚けが始まっている歌蔵にも、そのような風情がわかるのであろう。つい愚痴《ぐち》が多くなる東吉と輝松の話など聞きたくもなかったのに違いない。

　それゆえ、東吉と輝松にすれば、時次郎が来たことで話し易くなったのか。

「作さんは、立派な下駄屋の主になったが、お前も駒込じゃあ、腕の好い大工で通っているそうだな」

「歌さんは幸せもんだぜ」

　二人は、時次郎をおだてつつ、よく話しかけてきた。

　時次郎は、作太郎を待つまでもなく、ここからすぐに立ち去りたかった。久しぶりに水谷町界隈に戻ってきたからといって、今の歌蔵に興を覚えられては困るのだ。

「まあ、そろそろお父つぁんも、昔のことのほとぼりも冷めただろうし、一度兄さんの家に行こうということになりましてねえ。お父つぁん、そろそろ戻らねえといけねえよ」

時次郎は、水を向けてみたのだが、

「おいおい、それだけじゃあねえだろ」

東吉は、少し詰《なじ》るように言った。

「何です？」

「何ですじゃあねえよ。話は歌さんから聞いたよ。中川様の御屋敷をお訪ねするんだろう」

東吉は含み笑いをした。

「中川様の御屋敷？」

時次郎は目の前が暗くなった。少しの間席を外した間に、歌蔵は二人に褒美の話をしていたのである。

「ああ、その話なら、まだ先の話でどうなるかわからねえんですよう」

時次郎は咄嗟《とっさ》に言い繕った。さすがに歌蔵の前では、

「ただの思い込みなんですよう」

とは言えなかった。

「どうなるかわからねえってことがあるかい。おれは、書付を見せてもらったが、ありゃあなかなか由緒のある物だったぜ」

東吉は真顔で言う。輝松も、同調して頷いた。この二人は、仕事では隅に追いやられているぐらいだから、物分かりも悪そうだ。

真に受けられても面倒だと時次郎が言葉を詰まらせた時、折よく作太郎が来た。

作太郎は、そこに東吉と輝松の姿を認めて、

「おや、こいつはお久しぶりで、お父つぁん、懐かしいお人に会えてよかったね」

と、如才《じよさい》なく振舞ったが、時次郎の渋い表情を見て、

——会っちゃあいけねえ相手に、会っちまったんだな。

すぐに状況を察したようだ。

「東吉さんに輝松さん、せっかくのところではございますが、ちょいと待たせている お人がおりましてね。また改めさせていただきますよ」

と、有無《うむ》を言わさぬ勢いで、歌蔵を連れて、家へと戻った。

歌蔵は、東吉と輝松と話をするのにも疲れていたのか、作太郎に素直に従った。

時次郎は、作太郎と無言の内に呼吸《いき》を合わせてその場に残り、

「お騒がせしましたねえ。さっき見せた書付は、大昔に中川様の御留守居役様からち

ようだいした物には違《ちげ》えねえんですがね。褒美のことはお父つぁんが勝手に思い込んでいるだけなんですよ。十両とか二十両とか言ったかもしれませんが、どうぞ年寄りの戯言《ざれごと》だと、忘れてやっておくんなさいまし」

と、状況を説明したのだが、

「ごまかそうとしてもいけねえよ」

「褒美の金なんて、入ってこねえと言いてえだろうがよう」

東吉も輝松も聞く耳を持たない。

「いえ、そんなんじゃあねえんで、あっしも作太郎兄さんも本当に困っておりまして……。へい、いつの間にあんなことを思うようになったんでしょうかねえ」

時次郎は尚も弁明したが、

「おい時さんよう、めでてえ話だってえのに、そんなに隠すこたあねえじゃあねえか」

「また、その話は聞きに行くからと、伝えておいてくんな」

二人は、すっかりと信じてしまっている。

「いえ、ごまかしているわけでも、隠しているわけでもございませんので、本当なんでございます。あれこれと太平楽を並べたのなら許してやっておくんなさい……」

いつまでもこの二人にかかずらっているわけにもいかず、そう言い置いて作太郎と歌蔵のあとを追ったのだが、ふと思い付いて、そのまま手習い道場へと歩みを進めたのであった。

六

念のため、秋月栄三郎を訪ねて仔細《しさい》を伝えておいた時次郎であった。

「まず親父殿も、昔は叱りとばしていた相手だ。何か大きなことを言ってやりたかったんだろうよ。その二人が何と思い込もうがあんまり気にするんじゃあないよ」

栄三郎は話を聞いて、それを一笑に付したのだが、時次郎は胸騒ぎがしてならなかった。

帰ってみれば、さすがに作太郎も、

「お父つぁん、そんな話を人様にするもんじゃあないよ」

家に帰ってから苦言を呈したとのことで、

「構わねえだろ。御褒美をもらったら、さっさと出ていくさ」

歌蔵は、不機嫌に言い放って、そこからは夕餉も食べずに床へ入ってしまった。

「まったく、お父つぁんにも困ったもんだ。恥をかくのはおれ達も同じなんだからな」

いつになく作太郎は不機嫌であった。女房のおむらがそのうちに怒り出すのではないかと気になり、それが彼をますます不機嫌にするのであろう。

「すまないね。おれが付いていながら……」

うっかり財布を忘れたゆえに起こってしまったことだけに、時次郎は作太郎、おむらに謝った。

「お前が悪いんじゃあねえさ」

作太郎は、それですませてくれたが、

「東吉、輝松か……。あの二人は馬鹿だからね」

おむらは、時次郎の胸騒ぎを煽《あお》った。

――何てこった。

時次郎はがっくりとした。せっかく父親と向き合えたような気がしたのに、どこまでも褒美にこだわり、くだらぬ自慢をする歌蔵とどのように接すればよいのかわからなくなっていた。

栄三郎は、歌蔵を屋敷の内に入れてやり、家中の者の口から労いの言葉さえもらえば、歌蔵も気が済むだろうから、何とかしてみようと手配してくれているようだが、褒美を諦めずその場であれこれ言い募《つの》ればどうなることであろう。

まったく先が思いやられた。

そして、その翌朝。時次郎の胸騒ぎは真《まこと》にくだらぬ騒ぎとなって表れた。

東吉と輝松が、〝丸作〟に歌蔵を訪ねてきたのだ。

二人の来訪を告げると、歌蔵はまるで昨日のことなど忘れたように、

「東吉？　輝松？　何だそいつらは。おれは、会いたくねえ」

まるで関心を寄せず、床から出なかった。

「〝何だそいつらは〟などとよく言ったもんだ。昨日、おでんの屋台でその二人に要らないことを言ったから、兄さんが怒ったんじゃあないか」

時次郎もこの家に歌蔵を連れて来たという負い目があるから、つい物言いもきつくなる。

「何だかよくわからねえ。どうも具合が悪いから寝ているよ……」

歌蔵は、惚《とぼ》けて体の弱った老人を演じる。どこまでが本当で、どれがふりなのかわからなくなるが、都合が悪くなると、時にこのようなことを言い出す。

これが芝居だったら、河村文弥など目じゃない役者ぶりだと思いつつ、時次郎は諦

めて東吉と輝松にその由《よし》を伝えると、

「おいおい、褒美の話をした途端《とたん》に具合が悪くなるたあ妙じゃあねえか」

東吉は、相変わらず歌蔵の見せた書付の効力を信じているようだ。

「おれ達は何もたかりに来たわけじゃあねえんだぜ」

輝松は心外だと憤《いきどお》った。

「いえ、決してそんな風には思っちゃあおりませんよ」

時次郎と共に応対に出た作太郎は、宥めるように言った。同じ職人でも、居職で小売りを兼ねているだけに、作太郎の物腰は大工達よりはるかにやさしい。

「まあ、作さんのことだから、そこはわかってくれているだろうがね……」

輝松は続けた。日頃、こんなに喋《しゃべ》る男であったかと作太郎は訝《いぶか》しんだが、

「分け前をくれなんて言わねえが、二十ばかりの金が入るなら、酒や博奕《ばくち》で用立てたままになっている銭を、この折に昔馴染の大工達に返してやろう、そんな男気くれえ見せてくれたっていいじゃあねえか。おれはそう言いてえだけなんだよ」

要はたかりに来たのである。

「いや、ちょっと待っておくんなさい。昨日も申しましたように、あれはうちの親父の思い込みなんでございますよ」

時次郎は辛抱強く説いたが、

「倅が二人で取り込もうなんてえのは、よろしくねえぜ」

そこでまた東吉が口を挿《はさ》んだ。さすがに時次郎は気色《けしき》ばんだが、

「だから、お義父っさんの思い込みだって言ってるじゃあありませんか」

話を聞くともなしに聞いていたおむらが、堪《たま》らず口を挿んだ。

「たかりに来たわけじゃあない……、笑わせてもらっちゃあ困りますよ。分別のある好い歳をした男が、昔酒や博奕で用立てた銭を返してくれなんて、よくそんなことを言えたもんですねえ。お義父っさんは確かに若い頃は色々あったかしらないが、お前さん達だって世話になったこともあったはずだ。男気を見せてくれ？　こっちが言いたいねえ」

日頃から、利かぬ気でしっかり者の評判があるおむらである。ぴしゃりと言い返されると東吉、輝松も言葉が無く、

「まあ、そう怒りなさんな。おれ達にしてみりゃあ、久しぶりにこの界隈に戻って来たってえのに、声くれえかけてくれたっていいじゃあねえか、そんな気にもならあな」

やがて東吉がべらべらと言い訳をして、

「岩五郎《いわごろう》の小父さんが会いてえと言っていなさるから、とにかく七ツ（午後四時頃）になったら昨日の屋台のところまで顔を出してもらいてえと、取り次いでくんなよ。待っているぜ……」

輝松が慌《あわただ》しく言い捨てて去っていった。

作太郎と時次郎は、顔を見合わせて嘆息《たんそく》した。

おむらに何と言葉をかければ好いかと、たじろいだのだ。

おむらは厳しい表情をそのままに、

「お義父っさんのことには、わたしは何も口出しはしませんがねえ。あんなくだらない連中を、店の前にうろうろさせるのだけは勘弁願いますよ」

おむらは、ぴしゃりと話を締めると奥へと入った。奥へ入るべきは作太郎と時次郎であったが、二人との間合を計ったのだ。

「面倒なことになっちまったな……」

作太郎がぽつりと言ったところに、秋月栄三郎が顔を覗《のぞ》かせた。

「今、すごすごと出ていったのは、東吉と輝松じゃあないのかい」

栄三郎は、あれから善兵衛長屋の住人である大工の留吉から、この界隈の大工仲間の事情を聞いた。

留吉が水谷町に住む前に、歌蔵は町を出ていたから、よく事情はわからないものの、東吉と輝松はもう大工としては使いものにならないのだが、古株だけに、邪険にも出来ず仲間内では持て余し気味なのだと彼は言った。

暇《ひま》な者は、それだけくだらぬことに時を費《つい》やすものだ。何か騒ぎが起きていないか、栄三郎は、時次郎から二人の話を聞いたので気にかかっていたのだ。

「ははは、さすがはおむらさんだな」

兄弟から経緯《いきさつ》を改めて報されると、栄三郎は、おむらの気丈を称えた。

「栄三先生、あっしらにとっちゃあ、笑いごとではありませんよ」

作太郎は泣き言を言ったが、

「案ずることはないさ。金のことであれこれ言ってきたら、おれが片をつけてやるよ」

栄三郎は、こともなげに言った。水谷町での揉めごとなら任せておけと、軽く胸を叩けるのが取次屋の身上なのだ。

「だが、こういうのは、親父殿の面目《めんぼく》に関わる話だ。呼び出されたのなら、きっちり出向いて話はつけておく方がよいだろうな」

「へい、先生の仰《おつしや》る通りでございますね。どんな理由があろうとも、久しぶりに戻ってきたんだ。昔馴染への挨拶《あいさつ》を先に済まさなかったのがいけませんでしたよ」

時次郎が神妙な顔をした。

「岩五郎というのはよく知らねえが面倒な奴なのかい」

「ええ、随分と……」

作太郎が応えた。

かつては歌蔵の相棒だったこともあるが、だいたいにおいて気が合わず、歌蔵が作太郎のことで親方をしくじったのも、元はといえば岩五郎が余計な口を挿んで、歌蔵を怒らせたところから話がややこしくなったのだ。

その岩五郎も、今は隠居をして引っ込んでいるが、未だに大工仲間の内では、

「岩五郎の小父さん」

と呼ばれて、煙たがられながらも一目置かれているようだ。

「あることないこと、言い触らされるのも癪《しやく》だし、兄さんにも迷惑がかかる。ここは無理にでも行ってもらうよ」

時次郎は思い詰めたような表情で言った。

「そうだな。それが好いや。だが、怒ってやるんじゃあねえよ。中川様の御家中への繋ぎも取っている最中だが、色よい返事が聞けそうだ。久しぶりの水谷町だ。快く迎

えてあげねえとな」

栄三郎は、にこりと笑って、兄弟の顔を交互に見た。

夕の七ツとなって、時次郎は横たわる歌蔵の傍へと寄って、

「お父つぁん、ちょいと呑みに行くよ」

と、促した。

「うむ……」

ぐずぐず言ったら、首根っ子を捕えてでも連れて行くつもりであったが、歌蔵も大よその様子は飲み込めていたのであろう。存外に素直に腰を上げた。

「お父つぁん、ここの大工仲間に、何か借りがあるのかい。あるならご褒美をもらうがもらうまいが、何とかしねえといけねえ。おれが何とでもするから言っておくれ」

道中、時次郎は強い口調《くちょう》で問うた。

「そんなものはねえ。あるもんかい……」

歌蔵は、はっきりと応えた。

「ねえんだな」

「証文でも持っているってえのかい」

「うん、そうだな」

満更《まんざら》惚けているわけでもなさそうだ。

「もしも誰かにあったら、きっぱりと、お父つぁんの口から言っておくれ。おれも兄さんも肩身が狭いからな」

時次郎の勢いに、歌蔵も気圧されたか、

「わかった……」

と、大きく頷いた。

昨日の屋台がすぐに見えてきた。既に岩五郎らしき男は来ていた。東吉、輝松を従えて、上機嫌で一杯やっている。もうすっかりと頭も白く皺だらけだが、年寄りにしてはがたいが大きく、矍鑠《かくしゃく》としていた。

「おお、歌じゃあねえか。久しいなあ！」

岩五郎は、大声でずけずけと歌蔵に声をかけてきた。

「岩か、ほんに久しぶりだな」

歌蔵も声を返した。

「お前に会いたくて、倅の家に来たんじゃあねえがな」

「何でえ、つれねえことを言うじゃあねえか。互《たげ》えに老い先短《みじけ》え身だ。来ているなら声をかけてくれよ」

「そうだったな……」

「まあ、座って一杯やんなよ。お前は時次郎かい、立派になったじゃあねえか」

いちいち言葉に棘《とげ》のある男である。歌蔵はいつもの調子で、ただむっつりとして床几に腰をかけ、岩五郎の言葉に頷いた。

「ところでお前、大昔に中川様の御留守居役がせっせと書いた、あの書付を未だに持っているそうだな。東吉と輝松から聞いたぜ。何でも、御屋敷に行きゃあ、二十両ばかりいただけるってよう。ははは、貧乏人をからかうんじゃあねえや。こいつらは馬鹿だから本気にするじゃあねえか」

そのうちに、岩五郎は件《くだん》の書付について触れると、歌蔵を小馬鹿にして笑い出した。

「まあ、こいつらが信じるのも無理はねえが、おれはあの頃のことをようく知っているから、お前の太平楽には付合ってられねえや。ふふふ、あんな物を後生大事に持って、三十年、四十年経てば、また新たに褒美を遣わす……、なんて言葉を信じていたとはお笑い草じゃねえか。お前もとうとう惚けちまったかい。ははは、こいつはいいや。せいぜいお手討ちにならねえようにしろ」

岩五郎は、腹を抱えて笑った。隠居の身で退屈していた時に、かつての喧嘩仲間が町に現れたと聞いた。すると褒美をもらえるものだと与太話をしているというから、暇潰《つぶ》しにいたぶってやろうと思ったようだ。

岩五郎のお蔭《かげ》で、二十両の金が俄に入ってくるという噂は消えるであろう。だが、時次郎は腹が立ってきた。言われるがままに、黙って酒を呑み続ける歌蔵の姿が何とも情けなく、哀《あわ》れに思えてきたのだ。

同じ隠居の身の年寄りならわかるはずだ。体も言うことを聞かず、やり甲斐のある仕事からも遠ざかり、持て余す暇を埋めるだけの金もない。そんな年寄りが、ふと夢と現《うつつ》がない交ぜになり、あらぬ行動に走ったとて仕方があるまい。

「岩五郎の小父さん、お前さんも昔は、中川様の御屋敷の普請場に出入りしていたのですかい？」

時次郎は、低い声で岩五郎に問うた。

「ああ、お前の親父と行ったもんだ」

「で、御留守居役から、うちの親父と同じ、〝感状〟てやつをちょうだいしたんですかい」

「そんな馬鹿な物はもらってねえよ」

「馬鹿な物さえ、もらえなかったってことか。ははは、こいつはいいや」

時次郎は岩五郎を嘲笑《あざわら》った。

「何だと……」

岩五郎が気色ばむのを見て、今まで同調して歌蔵に嘲笑《ちょうしょう》を浮かべていた東吉と輝松が、

「おい、時次郎、手前いい加減にしやがれ」

「岩五郎の小父さんに、何て口利きやがる」

口々に時次郎を詰った。

「やかましいやい！　このたかり野郎が。手前らこそ、うちの親父を小馬鹿にしやがると、ただじゃあおかねえぞ！」

時次郎は、二人が腰かけていた床几を勢いよく蹴《け》った。怒った時の彼は、歌蔵の若い頃にそっくりで、東吉と輝松は尻《しり》もちをつきながら言葉を失った。

「おう、岩五郎の小父さんよう。お前が親父に会いてえというから来てやったんだぜ。これが久しぶりに会う昔馴染にかける言葉なのかい。言っておくがな。褒美の話はまだどうなるかわからねえが、お父つぁんは、近々中川様の御屋敷に呼ばれること

になっているんだよう」

岩五郎もまた、激しく声を浴びせられて唖然《あぜん》として、言われるがままになっていた。

かつて歌蔵がこの町を出た時は、まだ奉公にも上がれない幼い子供だった時次郎が、こんな立派な男になっているとは、理屈ではわかっていても、子供のいない岩五郎には、どうもしっくりとこなかったのである。

「中川様の御屋敷に呼ばれるだと？　ふん、父子で惚けやがったか」

岩五郎は、やっとのことで言い返したが、

「そいつは嘘《うそ》ではないぞ……」

そこに秋月栄三郎が現れて、口を添えた。

この日は袴《はかま》も身に着け、剣客《けんかく》風の装《よそおい》である。

「先生……」

時次郎は一息ついて、口許を綻《ほころ》ばせた。

——何ていつも間の好い旦那なんだ。

岩五郎と会うと知り、さり気なく様子を見に来てくれて、宥めるようにして口出しをする栄三郎の心配りが、今の時次郎には涙が出るほど嬉しかった。

「旦那はいってえ……？」

岩五郎は怪訝な顔で口を尖《とが》らせた。

「この近くで〝手習い道場〟を開いている、秋月栄三郎だ」

「お前さんが、栄三の旦那ですかい……」

さすがに手習い子にも、剣術好きの物好きにも縁がない岩五郎も、この名物男の名は聞き及んでいたのである。

「嘘だと思うなら中川様の御屋敷に行って訊ねてくるがいいや。御用人の菅原長七《すがわらちようしち》郎《ろう》という御方が、昔ここに住んでいた大工の歌蔵を捜してくれぬかと、お問合せがあったんだよ」

「へ……」

岩五郎はきょとんとして下を向いた。

栄三郎は、永井勘解由の用人・深尾又五郎の尽力で、先ほど菅原長七郎との話を取り付けたのだ。

先々代の修理大夫と、勘解由には、彼が勘定奉行を務めていた頃に交誼《こうぎ》があり、そこから伝を辿《たど》ると、用人の菅原が浮かんできたのである。

菅原は昔、江戸屋敷ではそのような書付を渡すことで、普請の掛りを抑えたことが

あったと聞いていたので、

「そのような年寄りがいるのならば、御家長久《おいえちょうきゅう》を願い、改めて礼を言わねばならぬな」

と、かえっておもしろがり、上屋敷へ招かんとしてくれたのだ。

世は人情で溢《あふ》れているものだ。

栄三郎は、通りがかりにそれだけを伝えてその場から立ち去った。

すると、それまで黙っていた歌蔵が立ち上がって、

「岩五郎、またな……」

一声かけると、時次郎の肩に手をやりながら、行こうと促した。

七

「褒美はどうなるかわからねえか……」

帰り道、歌蔵はぽつりと言った。

「そりゃあそうだよ。お大名なんてものは、どこも金回りがよくねえんだ」

「そうか……」

「どうしてそんなに褒美が欲しいんだい。お父つぁん、ほんの少し酒が呑める銭がありゃあ何もいらねえといつも言ってるじゃあねえか」

もうすっかり日が暮れてきた。こんな時分になると何故《なぜ》か物哀《ものがな》しくなるのは子供の頃からだ。

初めて駒込に、父、母に連れられて行った日も、歌蔵が道中酒を呑むので、こんな時分になった。

「お父つぁん、早く行こうよ」

何度も袖《そで》を引いた父親は、すっかりとしょぼくれてしまった。

「二瀬屋《ふたせや》で道具を誂《あつら》えたかったんだ」

「二瀬屋で道具を？」

二瀬屋は、京橋にほど近い南鍛冶《みなみかじ》町にある道具鍛冶を扱う店である。知る人ぞ知る名店で、職人なら一生に一度はここで道具を誂えたいものだと言われていた。

だが、それだけに高価で、おいそれと手が出せぬ。

「作太郎に斜鑿《じゆうのう》、お前には鉋《かんな》をな……」

「そうか、そうだったのかい」

時次郎の目に涙が込み上げてきた。

──そうだ、あの日確かに親父は言った。

駒込へ発《た》つ朝。下駄屋に奉公に出ていた作太郎が、親方の好意で、父、母、弟を見送りに来た。その時、歌蔵は、

「おれは駒込で腕を上げるから、作太郎、お前も励むんだぞ。いつか二瀬屋の斜鑿をお前に買ってやるよ。そん時は時次郎には鉋だ」

子供二人の頭を撫でて、切《せつ》ない顔で笑ったものだ。

「お父つぁんは、惚けてるようでなかなか物覚えが好いんだなあ……」

息子の涙に気付いていないのか、見過ごしているのか。歌蔵は黙ったままで〝丸作〟に着いた。

帰りを待ち兼ねていたかのように、作太郎が飛び出して来て、

「栄三先生から聞いたよ……」

明るく迎えたが、時次郎の目に光る物を認めて小首を傾げた。

「栄三先生というのは、さっきの旦那か？　ありがてえお人だな……」

歌蔵は、またぽっつりと言うと、家へ入って、すぐにごろりと横になった。

歌蔵が中川家上屋敷に招かれたのは、その二日後であった。作太郎、時次郎も同伴

を許され、秋月栄三郎が立会った。

　勝手門から、さらに小門を通り、内玄関脇の一間へ——。真に晴れがましいものだ。歌蔵は似合《にあ》わぬ羽織姿で終始縮《ちぢ》こまっていた。

「この度は真に申し訳ござりません……」

「大それたことは考えておりません。ただただ、こちら様のご普請にお邪魔した頃が懐かしいようでございまして……」

　作太郎と時次郎は、平身低頭で今日に至ったことへの詫びを述べた。

「何の、詫びる謂《いわ》れはない。四十年前に職人達の世話になったのは確かなことじゃ。この書状を大事にしまい、当家での日々を思い出してくれたのは、歌蔵だけであろう。そなたにはあれこれ昔を偲《しの》ばせてもろうた。礼を申すぞ」

「へへエーッ」

　父子三人は平伏した。

「いつか褒美を与えようと申したそうだが、御領内は落ち着きを見せているとは申せ、まだまだ不作続きじゃ。形ばかりとさせてくれ」

　菅原は、僅《わず》かばかり、一両にも充たないが金封を添えてくれた。これは永井家を慮《おもんぱか》ってのことであろう。

栄三郎は心の内で手を合わせた。離縁されたことになっているが、永井家は妻・久栄の実家である。

——まず甘えておこう。それにしても菅原長七郎という御用人、真によいお方だ。情けは人のためならじである。

「何かの折には、駒込から大工衆を連れてとんで参りやす！」

時次郎は、親に続いての普請での貢献を誓い、作太郎も持参したとっておきの下駄を献上する。中川家にとっては、何の損もなかろう。

ひたすら畳に額をすりつけるようにして、歌蔵の四十年ぶりの中川家上屋敷への参上は終った。

「お父つぁん、ご褒美も少しは出たことだし、これで得心しなよ」

「二瀬屋の道具なんてものは、手前で買うからさ」

作太郎と時次郎は、屋敷を出ると晴れ晴れとした表情で歌蔵に声をかけた。

歌蔵は神妙に頷いた。

「祝いにちょいと一杯やるかい？」

栄三郎は嬉しくなって勧めたが、

「その前に一軒付合っておくんなさいまし」

　四人に向かって女の声がした。

「おむら、来ていたのかい」

　そこに、杉作を供にした、おむらが立っていた。

「何だいおむらさん、好い店を知っているのかい？」

　栄三郎が問うと、

「二瀬屋へ行くんですよ。お義父っさん、わたしが持ちますから、うちの人と時さんに、好い道具を買ってやってくださいな」

「え……？」

　父子三人は、それぞれの想いを込めて目を丸くした。

「礼はお義父っさんに言っておくれよ。一人前の職人なんだ。好い道具を持たないとね。買えないほどの貧乏でもあるまいし、男ってえのはここ一番で気が引けちまうからいけませんよ。さあ、行きますよ」

　颯爽《さっそう》と歩き出すおむらにすっかりと気圧されて、男達はぞろぞろと後に続いた。

　何が起きたのかと口を開けている歌蔵を見ていると、栄三郎はおかしくて堪らなくなってきた。

「親父殿……」

「へい……」

「お前ほど、幸せな年寄りはいねえよ」

「お蔭さまで」

「また、水谷町に遊びに来ておくれよ。ははは……」

栄三郎は、しばしふくよかなおむらの後ろ姿を眺めながら、秋の空に笑い声をあげていた。

第四章　殿様と山出《やまだ》し

一

「あれは、お鹿《しか》じゃあないか……」

手習い師匠を務める、秋月栄三郎が呟《つぶや》いた。

子供達の背後にある格子窓《こうしまど》から、若い女の顔が覗《のぞ》いていた。

若いといっても、もう二十歳《はたち》を過ぎているのだが、丸顔で肌の色艶《いろつや》がよく、童児《どうじ》のような顔立ちをしているので、歳《とし》よりも幼く見える。

化粧っ気もなく、何の飾り気もないので、見るからに山出《やまだ》しの下女《はした》といった風である。

「何かまたやらかしたんですかねえ……」

又平もまたお鹿に気付き、栄三郎の傍《そば》へ寄って囁《ささや》くように言った。

「だろうな……」

こちらを窺《うかが》うお鹿の顔は笑っているが、表情にはいささか渋いものがある。

「又平、久栄を呼んでおくれ」

栄三郎は、御伽話《おとぎばなし》を語り聞かせていたのを中断して、久栄に習字を任《まか》せると表へ出た。

「そんなところに立っていねえで、入ってくりゃあいいだろう」

こんな風にお鹿に声をかけてやるのも、もう何度目であろうか。

「いやいや、もう帰るよ。先生の顔を見たら力が湧《わ》いてきた」

「何だそれは。茶の一杯飲んでいかねえか」

「御新造《ごしんぞう》さんがいなさるってえのに、そんなことはできねえ」

「誰もお前を怪《あや》しまねえよ」

「言ってくれるじゃあないか。あて（私）だって安房《あわ》にいた頃は、男達が寄ってきたもんだ」

「生憎《あいにく》ここは江戸なのさ。そんなことより、お前、また奉公先を追い出されたのか」

「まあ、そんなところだ」

山出し娘そのままに、遠慮のない口を利《き》いていたお鹿であったが、奉公先のことを問われると少しばかり首を竦《すく》めた。

「お前はまったく困った奴だな」

「困った奴は、馬鹿息子の方だよ」

それでもお鹿にはまるで悪びれた様子がない。

「馬鹿息子ねえ」

二月《ふたつき》ほど前から、お鹿は山城《やましろ》川岸にある乾物問屋で下働きをしていた。力も強く、働き者のお鹿は、重宝がられていると聞いていたのだが、そういえばその息子というのが、朝寝《あさね》朝酒《あさざけ》が当り前の極道者であるとの噂《うわさ》も、栄三郎の耳に届いていた。

「で、その馬鹿息子が頭にきたか」

「何されたというわけでもねえんだが、まるで働かねえから、朝からぐずぐずしてねえで、店に出て干物のひとつ売ったらどうだい……」

「そう言ってやったのかい」

「ああ、そしたら一人前に怒りやがった」

「怒ってどうした？」

「あてに、平手打ちを食らわせようとした」

「そいつはひでえな」

「だが足をすべらせて勝手に転《ころ》んで、頭を上《あ》がり框《かまち》に打ちつけて、そのまま気を失いやがった」

「それだけのことでお前は暇《ひま》を出されたのか？」

「いや、黙って助け起こしてやれば、どうってことはなかったんだろうが、あんまりおかしくて、馬鹿が倒れているのを見ながらしばらく笑っちまった」

「そいつはお前、いけないよ。馬鹿でも奉公先の若旦那《わかだんな》だ。そいつが気を失っているのを見て笑うなんてよう」

栄三郎は、お鹿を窘《たしな》めながらも、その様子を頭に思い浮かべるとおかしくなって、思わず口許《くちもと》が綻《ほころ》んだ。お鹿はそれを見てとって、

「ふふふ、おかしいだろ。手前《てめえ》で殴《なぐ》りかかってきて、すかゝ食らってひっくり返って、頭打って、〝げッ〟なんて……。ははははは、野郎、気を失う時に〝げッ〟なんて蛙《かえる》みてえな声出しやがった。ふふふふふ、栄三の旦那に見せてやりたかったよ。あては誰の葬式に出たって、あん時の馬鹿を思い出したら笑っちまうだろうね。はッ、はッ、はッ……」

お鹿は、ひっくり返りそうになりながら腹を抱えて笑いだし、通りがかりの者達の注目を集めた。

栄三郎は、思わず引き込まれて、

「ははは、困った奴だ。ほんにいけない。それくらい笑えば、そりゃあいくら馬鹿息子がいけなくても、暇を出されるさ」

お鹿と一緒に笑ってしまったが、

「だが、また六兵衛《ろくべえ》の親方を困らせちまったな」

笑いが収まると、しみじみとした口調《くちょう》で言った。

「ああ、それだけが悔《く》やまれてならないよ」

六兵衛の名が出ると、お鹿はすっと笑い止《や》んだ。

六兵衛の親方というのは、本八丁堀二丁目に住む五十絡みの口入屋である。

安房の貧農の出であるお鹿の請人《うけにん》になってくれている、彼女にとってはありがたい恩人なのだ。

近頃では、又平が渡り奉公で、日雇いの中間《ちゅうげん》として働くこともなくなったが、〝手習い道場〟の方便《たつき》が立たない時などは、何度か六兵衛に世話になったものだ。

その縁で付合いが続いていて、その繋《つな》がりで栄三郎はお鹿をよく知っているのだ。

お鹿が奉公先をしくじって、暇を出されるのは今度のことに限らない。丁稚《でっち》や女中を苛《いじ》める手代を怪力で物干し竿《ざお》に吊《つる》したり、意地悪な女中頭《がしら》を布団《ふとん》から顔だけ出して紐《ひも》で括《くく》って梱包《こんぽう》してみたり……。

色々しでかしては暇を出され、六兵衛の許《もと》に戻っていた。

六兵衛は、その都度《つど》詫《わ》びを入れに奉公先に出向いたが、方々の商家から贔屓《ひいき》にされている親方のこととて、いつも大事には至らず、

「お前のしたことはいけねえが、といって間違っているわけでもねえや。気にするな」

どんな時でも、お鹿を叱《しか》らなかった。

お鹿が一暴れすると、奉公先の問題が浮かびあがり、それを契機に改善されていくのでかえって喜ぶ商家もあった。

「だが、あて、いや、あたしがいたのでは、気まずいだろうから、お暇を取らせていただきますよ」

お鹿はそんな時でも奉公先を出てくる。

そして、六兵衛は性懲《しょうこ》りもなく、お鹿のために奉公先を探してやるのである。

とはいえ、次の奉公先が決まるまでの隙間《すきま》を埋めねばならないので、六兵衛は時に

己《おの》が家において、下働きをさせたり、

「二、三日だけ、おさんどんに置いてやってくれねえか」

と、人に頼んだりもする。

それで栄三郎も頼みを引き受け、お鹿を二、三日、手習い道場においてやったことも、二度ばかりあった。

正義感に溢《あふ》れ、何に対してもずけずけと物を言うお鹿を、栄三郎も又平も気に入っていたが、ここは男二人で間に合っていたし、雇ってやるほどの稼ぎもなかったから、二、三日で出ていってもらうしかなかった。

居酒屋〝そめじ〟の女将《おかみ》・お染も、おもしろがって、二、三日ならと面倒を見たこともあったが、

「わっちみたいなのが二人いちゃあ、こういう店はいけないね」

と、たまに手伝うくらいが好《よ》いのだと言った。お鹿も、酒場での仕事が勤まらないのはわかっているから、

「あては、力仕事が向いているよ」

と、あくまで、奉公先は六兵衛に任せた。

分限者《ぶげんしゃ》の呉服店「田辺屋」に、訊《き》いてみてもよいのだが、

「大店《おおだな》の呉服店は、どうも居心地《いごこち》が悪いだで」

お鹿は、その気にならなかった。老舗《しにせ》の呉服店となれば、下働きの女中に至るまで垢抜《あかぬ》けていなければならない。それは自分には無理なことだとお鹿は思うのである。

「口入屋が付合いや情けで人を雇ってもらっちゃあいけませんよ」

六兵衛にもまた、そういう矜持《きょうじ》があるから、お鹿にぴたりとはまる奉公先を見つけるのが、この親方の使命ともなっていた。

「今度は、うまくいくと思うんですがねえ」

お鹿が乾物問屋に奉公に上がった時は、六兵衛も胸を張っていただけに、さぞや落胆しているであろうと栄三郎は思いを巡《めぐ》らせた。

お鹿にとっても、いくら乾物問屋の息子が馬鹿で、お鹿の言ったことが間違っていないとて、今度ばかりは気が引けるのであろう。

「六兵衛の親方は何と言っていなさるんだ？」

栄三郎が問うと、

「お前は間違っちゃあいねえさ。そんな馬鹿息子がいる店には先行きがねえってもんだ。出て来てよかったのさ……。なんて言ってくれたよ。まったく好い人だねえ」

お鹿はつくづくと言った。預かってくれる人も、一廻《ひとまわ》りした感があり、

「いつまでも甘えているわけにはいかねえからな」

　今はまた、親方の家で下働きをしているのだという。

「う〜む……。お鹿、お前は決して間違っちゃあいねえ。だが間違っちゃあいねえから、あれこれ大変なんだよな」

　栄三郎は腕組みをした。

「思ったことを、すぐに口から出さないようにしてみるよ」

　お鹿は、栄三郎を真似《まね》て腕組みをした。

「といって、言葉を呑《の》み込んでばかりのお鹿じゃあつまらねえ」

「旦那はそう思ってくれるかい」

「ああ、親方はそんなお前にぴたりとはまる奉公先を見つけるのが生き甲斐《がい》なんだろうよ。どんどん吠《ほ》えてやりゃあいいぜ」

「やっぱり旦那と話すと力が湧いてくるよ。さっき見かけたけど、御新造さん、きれいな人だな」

「そうかい？」

「照れてるんじゃあないよ。まったくうまくやったたな」

　お鹿は勢いよく栄三郎の肩を叩《たた》くと、満面に笑みを湛《たた》えて、足取りも軽く去っていった。

「痛《いて》え、思い切り叩きやがった……。あの調子じゃあなかなか奉公先は決まらねえかもしれねえなあ。だが、乾物問屋の馬鹿息子か。手前で勝手に転んで〝げッ〟……。ははは、こいつはおもしろい。ほんに馬鹿だねえ……」

栄三郎は、しばらく腹を抱えて笑っていた。

二

その日の昼下がり。

手習い師匠の勤めを終えた後。栄三郎は、本材木町の岸裏道場へと出かけた。訪ねて来るようにとの師からの言葉が、手習い道場に御機嫌伺いに来たお咲からもたらされてのことだ。

「はて、何の御用だろう」

栄三郎が首を捻《ひね》ると、

「久しぶりに、栄三先生からおもしろいお話を聞きたい、そんなところかと」

お咲はにこやかに頷《うなず》いた。

「なるほど、おもしろい話か。それなら早速《さっそく》仕入れたよ」

栄三郎は、乾物問屋の馬鹿息子の話をしてやろうと、意気揚々と出かけた。

「ははは、ほんに馬鹿な倅《せがれ》じゃな」

語ってみると思った通り、岸裏伝兵衛は大いに笑ってくれた。

お鹿の素朴な話しぶりもおかしかったが、栄三郎はこれに自分なりの解釈を入れて、新たに構成をして話した。そういう話術では誰にも負けない秋月栄三郎なのだ。

「頭を打って〝げッ〟か。ははは、相変わらずお前の話はおもしろい」

しかし、惚《とぼ》けていることでは、伝兵衛もひけは取らない。

今まで笑っていたかと思うと、いきなり真顔になって、

「頭を打って、で思い出した。お前に話したかったことがあったのだ」

と、そこから栄三郎を呼んだ真意を語り始めた。

栄三郎は、この変化についていけず面食《めんく》らった。

「頭を打った、で何を思い出されたのでござりましょう」

「江本沖右衛門《えもとおきえもん》のことじゃ」

「江本沖右衛門……。あの、御旗本《おはたもと》の？」

「いかにも」

伝兵衛は、しかつめらしい顔で栄三郎に向き直った。

江本沖右衛門は、書院番から御先手弓頭《おさきてゆみがしら》となった大身《たいしん》の旗本である。

気楽流剣術に岸裏伝兵衛ありとの評判を聞き、出稽古《でげいこ》を願って以降、伝兵衛に心酔し、番方《ばんかた》の勤めの合間を縫《ぬ》って、かつて伝兵衛が本所《ほんじょ》に構《かま》えていた剣術道場に通っていた。

岸裏伝兵衛を剣の師と仰《あお》ぐ者の中で、誰よりも大身であったといえよう。

当然、秋月栄三郎、松田新兵衛などは、身分は違えど相弟子であるから、親交があった。

特に、遊び好きで洒脱《しゃだつ》なところのある沖右衛門は栄三郎と気が合った。

とはいえ、栄三郎が水谷町に落ち着いてから、御先手弓頭、加役として火付盗賊改《ひつけとうぞくあらため》にまでなった沖右衛門とは、住む世界が違い過ぎていた。

それゆえ長らく会うこともなかったのだが、二年ほど前のこと、加役での盗賊捕縛《ほばく》の最中に付け火があり、馬上勇敢に指揮をとり、火中に巻き込まれた住人達を救ったものの、家屋の倒壊に遭《あ》って落馬。頭と体を打ちつけ気を失って救《たす》け出された。

沖右衛門は一命をとりとめたが、それが因《もと》で右半身に麻痺《まひ》を覚えた。

幕府からは、働きを大いに称されたものの、

「これでは日々のお務めも叶《かな》いませぬ」

沖右衛門は御役返上を願い出た。嫡男《ちゃくなん》もおらぬことゆえ、廃絶《はいぜつ》も覚悟をしたのだ。

しかし、沖右衛門の武勇は評判となっていて、まず右半身の療養に努めるがよいと、幕府はそれを許さなかった。

家人に支えられれば動くことも出来るし、言語も日々喋《しゃべ》れるようになっていた。しっかり休めば、指揮をとれるようになるであろうとの労《いたわ》りを示したのだ。

御先手組の人員は十分に足りていたし、火付盗賊改の加役がなければ、その役儀は将軍外出における警護、門の警衛などに限られる。

それとても、配下には優秀な与力が十騎付いているから、何も案ずることなく療養せよと申し渡したのである。

こうなると、沖右衛門もそれに従うしかない。本音では江本家を自分の代で潰《つぶ》してしまうのも気が引けた。温情と受け止め、養生に努めようとした。

それは沖右衛門にとっては辛《つら》く堪《た》え難《がた》い日々であった。

岸裏伝兵衛仕込みの剣の腕は、旗本の殿様の中では群を抜いていた。決して身分をひけらかすような振舞はせず、務めはしっかりと果し、微行《びこう》での遊びも大事にする。

極《きわ》めて活発に暮らしてきた沖右衛門が、右半身に障害を抱えたというのは、生きる望みを失ったに等しい。

「何としても、元の体に戻してやる」

初めの内は、復活を誓い体を動かす努力もしたが、ほんの少し右足が動くようになったものの、自分一人では何をするのにも不自由なままであるのは変わらなかった。

そして、沖右衛門はこの窮状《きゅうじょう》を、岸裏伝兵衛には長く伝えなかった。

動けなくなった自分を見られたくなかったし、伝兵衛が今の状況を知ったとて、自分に何として接すればよいのか、見舞《みま》う段になって悩むであろうと思ったからだ。

やがては耳に入るだろう。その間に少しでもきっちりとした物言いが出来て、

「大変なことになったと聞いたゆえに案じていたが、それほどでもない御様子。安堵《あんど》いたしましてござる」

伝兵衛がこのような言葉をもって見舞ってくれるようにと望んだのだ。

沖右衛門の思惑通り、やがて伝兵衛は沖右衛門の負傷を知り、見舞いに訪ねた。

ところが、沖右衛門の回復は思惑通りにはいかず、何とか会話は出来たものの、杖《つえ》を突いて、伝兵衛を出迎えることすら出来ず、かろうじて座敷に座ったままで、小半《こはん》刻《とき》(約三〇分)ばかり言葉を交《か》わして別れた。

伝兵衛も、かける言葉が見つからなかったし、沖右衛門とて師をもてなしようがな

かったのである。

栄三郎は、話を聞いて言葉がなかった。

沖右衛門が、捕物出役の折《おり》に負傷したという話は、剣友・陣馬七郎から報《しら》されていた。

「何と……」

七郎が、剣術指南《しなん》役として仕《つか》える椎名右京《しいなうきょう》は、持筒頭《もちづつ》で御先手組と同じ番方なので、情報がよくもたらされるのだ。

岸裏伝兵衛が、沖右衛門の状況を知ったのも、この七郎が伝えたことで、沖右衛門本人は養生に努めているので、見舞いなどは一切受けていないというから、しばらくはそっとしておこうと、岸裏伝兵衛とその門人達の間では、その意思を確かめ合っていた。

それでも伝兵衛は師として、とりあえず自分だけでも沖右衛門を見舞っておきたくて、江本家の用人《ようにん》・細木五兵衛《ほそきごへえ》に問い合わせたところ、怪我《けが》の具合が相当ひどいのだと、細木から耳打ちされ、慌《あわ》てて見舞いに出向いたのだという。

「そこまで酷《ひど》い御様子であったとは……。して、見舞われたのは何時《いつ》のことにござりましょうか」

「二日前じゃ。新兵衛だけには、いかがしたものかと話したが、やはり、栄三郎には伝えておいた方がよいと思うてな」

「左様《さよう》でござりましたか……」

栄三郎は、稽古場から聞こえてくる松田新兵衛の叱咤《しった》を聞きながら、

「新兵衛は相変わらずでござりまする」

と、感じ入った。

先ほど、新兵衛の妻であるお咲は、そのような話はまるでしていなかった。

沖右衛門の気持ちに配慮して妻にさえ、彼が体に障害を負った話は伝えていないのであろう。

——おれならば、つい喋ってしまうだろうな。

栄三郎は感心しつつ、

「わたしは、江本様とは、親しくさせていただきましたゆえ、すぐにお訪ねした方がよろしゅうございましょうか」

伝兵衛に問うた。

「うむ、そうしてくれるか」

伝兵衛は満足そうに頷いた。

「江本沖右衛門は、栄三郎だけには会いたがっていたゆえにな」

「左様でございますか」

「お前と話をすると、何やら力が湧いてくるそうな」

「畏《おそ》れ入りまする……」

お鹿と同じことを言うものだと、思いを馳《は》せると、あの馬鹿息子の話をして大笑いした後で、

「頭を打った、で思い出した」

と、そもそも沖右衛門の話をするために呼んだのであろうに一時それを忘れていた伝兵衛が、俄《にわか》に案じられた。

――先生もいささか、物忘れが酷くなられたようだ。

江本沖右衛門が、不自由な暮らしを強《し》いられているというのに、

「馬鹿息子が、頭を打って〝げッ〟……」

などと言って大笑いしている自分が、堪《たま》らなく恥ずかしくなってきた。

三

「五兵衛！　もう少し、しっかりとした者はおらぬのか！」

その日も江本沖右衛門は、用人の細木五兵衛を叱りつけていた。どうも小袖《こそで》の着付けがしっくりこないのだ。

右半身が不自由だとはいえ、左手は使える。

近頃は、左手で字も上手に書けるようになっていた。食事の折は箸《はし》も持てる。

しかし、着物だけは片手では上手に着られない。

それゆえ、小姓か女中の手を借りることになるのだが、いつも着物がぴたりと体に馴染《なじ》まず、沖右衛門は苛々《いらいら》を募《つの》らせているのである。

体が言うことを聞かなくなってからというもの、復活を信じて体を動かす訓練をしてきた。その姿は誰にも見せていなかったから、少々の着崩《きくず》れはよしとしてきたが、

「よいよい、構わぬと言うと、それを真《ま》に受けて、いつまでたっても気働きのできぬ者が多過ぎる」

と、沖右衛門は、五兵衛に怒りをぶつけているのだ。

細木五兵衛は、江本家に長く仕える用人である。沖右衛門の人となりも気性も、何もかもわかっているつもりなので、そこは慌てたりはしない。

「申し訳ございませぬ。皆も慣れぬものでございますれば、今少し、御容赦《ようしゃ》願います る」

極めて丁重に、それでいて沖右衛門以上に家中の者も、今の事態に動揺しているのだという想《おも》いをさりげなく込める。

こう言われると大人気ない自分に気付き、沖右衛門の苛立《いらだ》ちも少し収まっていく。

「さりながら、本日は殿の身だしなみに、いささかの乱れもないと存じまする」

「ならばよい。来客の折は気を付けるよう申し渡せ」

沖右衛門もそれ以上は言わなかった。

来客は、秋月栄三郎であった。

先日、今まで黙っていたものの、いよいよ自分の状況を知り、岸裏伝兵衛が見舞いに来てくれ、さらに今日、秋月栄三郎が来ることになった。

「もう、何の望みも楽しみもない」

と、周囲に洩《も》らしている沖右衛門であるが、栄三郎の来訪には心が躍《おど》った。

心が躍ると、恥ずかしい姿を見せたくないという想いが強くなる。

役儀も剣術も、自らの意思で励《はげ》み、自分の足で歩んできた沖右衛門が覚える、初めての感情であった。

果して秋月栄三郎はやって来た。師である岸裏伝兵衛を迎《むか》えるのは、それなりに気を遣《つか》わねばならなかったが、相弟子である栄三郎には、庭先の床几《しょうぎ》でよかった。床几に腰かける方が遙《はる》かに体が楽なのだ。

「結構なお庭でござりまするな」

細木五兵衛に連れられてやって来た栄三郎の、大きな声が聞こえてきた。

「ふふふ、変わっておらぬな」

沖右衛門は相好《そうごう》を崩した。

「これは、こちらにおいでにござりましたか、お久しゅうござりまする。秋月栄三郎にござりまする」

栄三郎は、庭先に腰かける沖右衛門を見て畏《かしこ》まってみせた。旗本の殿様への敬意と、かつて剣術道場で相弟子であった頃の親しみがくっきりと交じり合っている。そのほど合いが真《まこと》によい。

「栄三、久しいのう。おれとそなたは相弟子ゆえ、堅苦しい挨拶《あいさつ》など要《い》らぬぞ」

未《いま》だ言語にも多少の障害が残る沖右衛門であるが、それだけは気取《けど》られまいと、ゆったりとした口調で言った。

「ははは、そういうわけには参りませぬ」

「まず、これへ……」

沖右衛門は、隣に座るよう促《うなが》した。

「しからば御無礼仕《つかまつ》りまする。いや、爽《さわ》やかでようござりまするな。このような庭を愛《め》でるなど、日頃ござりませぬゆえ。やはり、御旗本の御殿様は大したものでござりまする」

栄三郎は、すらすらと喋りつつ、言われた通りに床几に並んで腰かけた。

「大変なことになられたとお聞きしましたが、何もお変わりなきようにお見受けいたしまする……」

沖右衛門は、まだ話すのもままならぬのであろうゆえ、栄三郎は努めて自分から相手の分まで話そうとした。

「何も変わらぬように見えるだと？　ふッ、床几に腰をかけていると、おれの使い物にならぬ右手右足も、動くかのように見えるであろうが、一人で立ち上がるのもままならぬ。情けない話だ」

沖右衛門は自嘲《じちょう》気味に応《こた》えた。

「情けのうござりまするか」

「当り前だ。木太刀《きだち》を取って稽古のひとつできぬ」

「わたしは、なまじ動けるので、稽古をいたさねばなりませぬ」

「相変わらずの稽古嫌いか」

「もう四十になろうというのに、稽古など勘弁《かんべん》願いたいですよ。松田新兵衛などは未だに汗で水溜《みずたま》りができるほどに稽古をしたがりますが、まともな人間のすることとは思えませせぬ」

「稽古だけではない。お務めもできぬ」

「江本様は禄《ろく》を食《は》んでおられるゆえ、あくせく働くこともござりますまい」

「男は働けぬようになれば、もう死んだも同じよ」

「そうでしょうか」

「左手だけでは、うまく腹も切れまい」

「それこそ幸《さいわ》いではありませんか」

栄三郎はこともなげに言った。沖右衛門は呆《あき》れて、

「そなた、新兵衛に叱られぬか」

「未だに、顔を合わす度《たび》に叱られまする」

「で、あろうのう。ははは……」

沖右衛門は笑ってしまった。

「そうだと言うて、おれとそなたの心と体を入れ替えることができたとしても、それは望むまい」

「妻と、又平という門人を連れて来ることができるならば、いつでも入れ替わりましょう」

「そういえば、妻《めと》を娶ったと先生から聞いた。さぞや、好い女なのであろうな」

「一緒になるのに随分《ずいぶん》と手間取りましたゆえに、その分好い女に見えまする」

「これはよい。手間取れば、それだけ好い女に見えるか。そうかもしれぬな。して、その又平という門人は、使える男なのか？」

「はい。こっちはまあ、古女房のようなもので、何かと重宝いたしまする」

「左様か……」

沖右衛門は、栄三郎と話すうちに元気が出てきた。床几に腰をかけるのが、右半身の不自由を気にさせぬ姿勢がとれるゆえ、庭で栄三郎を迎えたが、

——こ奴に会うのなら、もっとくだけた恰好《かっこう》でもよかった。

座敷に寝転びながら話すもよし、今の自分の不自由さをさらけ出しつつの対面であ

っても、楽しかったのではなかったか。

そのようにさえ思えてきたのである。

「今、何が辛《つろ》うございまするか」

栄三郎は、庭の色付き始めた紅葉を見ながら問うた。

「人に気遣われることじゃ」

沖右衛門は即答した。

「なるほど、左様にございまするか……」

栄三郎は深く頷いた。彼にはその意味がよくわかる。

若き日は市井《しせい》に遊び、家督を継《つ》いでからは、番方の中でも頼りにされる存在となり、御先手弓頭にまで栄達を遂《と》げた。

それが、あの一件で体が不自由になってから、さらなる痛手が追い討ちをかけた。

何とか沖右衛門を再起させんと寄り添った彼の妻女が、去年病《やまい》に倒れて亡くなったのだ。

夫人との間には子がなく、そろそろ養子を迎えようかと話していた矢先のことであった。

「この沖右衛門を残して、先に死んでしまうとは……」

失意が、沖右衛門の再起へとかける情熱を奪った。

「どうせ、僅《わず》かに右手右足が動いたところで、今までのようなことはできぬのだ」

そんな想いが強くなると、もうどうでもよくなってくる。

「一度、本当に腹を切ろうと思うたのだが、せめて、作法の通りに死にたいと、白《しろ》装束《しょうぞく》となり、短刀の刃に奉書紙を巻き付けんとして、これがままならず、苛々とするうちにする気が失《う》せた」

「右手右足が使えぬと、大変なのでござりましょうね」

「一度、やってみるがよい。真に苛々として、こんなことなら生きてやると、己が心に逆《さか》らいたくなるぞ」

「ははは、これはよろしゅうございますな。ははは、いや、笑いごとではござりませぬ。御無礼いたしました」

「いや、笑いごとだ。ろくに腹も切れぬ武士が、旗本として禄を食んでいるのだ。これはもう笑うしかないのだが、栄三郎のように誰も笑ってはくれぬ。ただ気遣うばかりだ」

それが何とも情けなくて辛いのだと沖右衛門は言う。

「何やら哀《あわ》れみを受けているような気がする……。そのように思われるのですね」

栄三郎は、はっきりと告げた。

「いかにも」

沖右衛門は左の口の端《はし》を綻ばせた。

「やはりそなたは話がわかる」

家中の者達が腫《は》れ物に触るように沖右衛門に接するのは容易に想像出来る。体が思うように動かず、沖右衛門はただでさえ苛々としているのだ。出来るだけ当り障りのないようにしようとするのは仕方なかろう。

「殿様が、哀れみを受けているのではないかと思ってしまう気持ちはよくわかりますが、家中の方々はそんな想いはこれっぽっちもありませんよ」

「これっぽっちもないか」

「ただただお労《いたわ》しい。何とかしてさし上げようにもどうにもならない。それが悔《くや》しい。悔しいゆえ、笑いたくても笑えない、そんなところなのですよ。それくらいのことはおわかりでございましょう」

「うむ……。わかってはいるのだが、おれは日がな一日屋敷にいるのだ。これではつまらん。そなたのような家来がいればよいものを」

それが沖右衛門の本音であった。妻子無き身が、この屋敷の中だけで何を楽しみにして暮らせばよいのかと、彼は日々嘆《なげ》いているのである。

「ははは、殿様、わたしのような家来が何人もいれば、それはそれで御家の一大事でございまするぞ」

栄三郎は、また笑った。

今日の自分の役割は、少しでも沖右衛門の喜怒哀楽を外に引っ張り出すことであると心得たのである。

「うむ、それもまた、栄三の言う通りかもしれぬな。ははは……」

このところは、喋ることさえ億劫《おっくう》になっていた沖右衛門は、回らぬ舌を懸命に動かして久しぶりに笑った。

「そなたも忙しかろうが、たまには遊びに来て、またおれを笑わせてくれ。そなたと話していると真に力が湧いてくる」

栄三郎はそう言われてはっと閃《ひらめ》いた。

「殿様、ちと願いの儀がございまする」

「おれに願いとな？　人から頼みごとをされるのも久しぶりだ。何なりと聞こうではないか」

「下女《はした》を一人、雇っていただけませぬかな……」

「下女を？　易《やす》いことだ。そなたが勧めるほどだ。さぞできる下女なのであろうな」

「いえ、それが奉公先から戻されてばかりのとんだ山出《やまだ》しでござりまして」

「ほう……」

「こ奴を殿様のお力で、仕込んでやっていただけたらと」

「おれが仕込むとな？」

「はい。お暇潰しにはなりましょう」

「なるほど、それはおもしろそうな。明日から参るように伝えてくれ」

沖右衛門は、何が何やらわからなかったが、退屈な日々の中に、秋月栄三郎が投げ入れた山出しの下女が、何やら波紋を巻き起こしてくれそうで、久しぶりに気持ちが浮き立ったのである。

この、山出しの下女が、お鹿であるのは言うまでもない。

四

それから十日が経《た》ったある日。

岸裏道場に来客があった。

本所一ツ目《ひとつめ》通りにある江本沖右衛門の屋敷で、用人を務める細木五兵衛であった。

そのおとないを報され、秋月栄三郎は道場に出むいた。先日来屋敷に奉公に上がっているお鹿の様子について報せにきたのだと、わかっていたからだ。

あれから、栄三郎は岸裏伝兵衛にだけは、お鹿を奉公に上がらせることになったと告げていた。

口入屋の六兵衛に、

「お鹿の奉公先を見つけてやったぞ」

と、話を持ちかけた時は、

「栄三の旦那、そいつは無茶だ。お鹿の命に関わることですぜ」

目を丸くして拒《こば》んだものだが、お鹿と会ったことのない伝兵衛も、

「栄三郎、山出しの娘を奉公させるなどと、お前はいったい何を考えているのだ?」

と、訝《いぶか》しんだものだ。

だが、当のお鹿は、

「栄三の旦那が勧めてくれるんだ。こいつはおもしろいところに違いないよ」

と、二つ返事で引き受けた。

「お鹿、ようく聞けよ。江本様というのは、御役高千五百石の御先手弓頭様だぞ、こ

ちらは御旗本の中でも、武勇に長《た》けた御方だ。下手《へた》なことを言ったら、その首は胴についちゃあいねえぞ」

六兵衛は、懇々《こんこん》と諭《さと》したが、

「親方、あてを案じてくださるのは、涙が出るほどありがてえが、あては栄三の旦那にはちょっとした恩があるから、断わるわけにはいかねえよ。それに、あては決して間違ったことは言わねえし、やらかさねえよ」

お鹿にそう返されると、それ以上言葉がなかった。

伝兵衛も、栄三郎から話を聞くうちに、

「なるほど、江本沖右衛門にとっては、よい暇潰しになるかもしれぬな」

と、六兵衛の前で納得したので、

「何だか、狐《きつね》につままれたようなお話ですが、お手討ちになるようなことはねえようだ。ここはひとつ、お鹿に勝負をかけさせてやりまさあ」

六兵衛もついに得心《とくしん》したのである。

かつては火付盗賊改を務め、咎人《とがにん》達からは鬼のように恐れられた筋金入りの武官の頭《かしら》である沖右衛門に対しての畏怖《いふ》――。

それがある限り、江本家の家人は体が不自由になってしまった沖右衛門と、どう向き合えばよいかに戸惑い続けるであろう。

そこに風穴を開けるには、無知ゆえに純真で恐れを知らぬお鹿を投入するしかないと、栄三郎は思ったのだ。

すぐに決裂するかもしれない。

だが栄三郎は、女子供にはどこまでもやさしい沖右衛門の人となりをわかっている。

今は苛々が過ぎて余裕をなくしているが、沖右衛門は本来洒落《しやれ》っ気に充《み》ちた、豪快な男であるから、まさか手討ちにはすまい。

ただでさえ、刀を抜くのも辛い状況にあるのだ。

栄三郎は、江本屋敷については行かず、あくまで六兵衛を通してお鹿を奉公に上がらせた。

「いや、立派なお殿様でしたぜ……」

六兵衛は、お鹿を連れて行った折、

「御苦労であったな」

沖右衛門から直《じか》に声をかけられたそうで、大いに恐縮していた。

そうして十日が経ち、五兵衛による報告となったのだが、

「殿はお気に召《め》されたようでござるが、何分、あのような下女は初めてでござるによって、某《それがし》には何が何やらようわからぬのが正直なところでござる」

五兵衛はいささか当惑気味であった。

「左様でござるか。まずお鹿の首が胴についているのであればようござる」

栄三郎は、もう少し様子を見てくれるよう頼むと、

「そのうちに、わたしもお鹿の顔を見に参りましょう」

と、楽しそうに告げた。

江本沖右衛門とて、すんなりとお鹿を受け入れたわけではなかった。十日前、お鹿が屋敷に来た時――。

「まず、身共の傍近くに置くがよい」

秋月栄三郎が勧めた下女である。沖右衛門としては、傍に置いて観察をしてみたかった。

しかし、武家の奥向きに勤めたことなど一度もない山出しである。言葉遣いひとつをとっても無調法極まりない下働きの者を、殿様の側に置くなどもっての外《ほか》であると老臣、老女は反対したものだ。

「よいのだ。奥に一間を与え、まず朝になれば身共を起こしに来させよ。それから後の指図は身共がいたす」

栄三郎は沖右衛門に、

「見てのお楽しみでござりまする」

と、お鹿がいかなる女か、はっきり告げなかった。しかし、その口ぶりからすると、仙人が住む山から下りてきたかのような女だと思われる。

それを、武家の奥向きの取り澄ました女中の色に染められては、何の楽しみもない。

右半身が不自由になってからは、ああでもないこうでもないと、沖右衛門の体を労り、心を慰めようと努めてくれるのはよいが、皆、医者からの受け売りで何もおもしろくない。

投薬や食事による療治など気休めに過ぎぬ。根気よく体を動かし、少しでも動くようになればよしとするべきなのであろう。

それはわかっている。わからぬのは、その根気をいかに続け、自分にやる気を起こさせるかということなのだ。

薬も飲む、食えと言うならば何でも食べよう。だが、おれを病人扱いするな。沖右衛門は奥女中達にそう言いたかった。とはいえ女中達が自分を気遣うのも忠義ゆえのこと。亡き妻を偲《しの》ぶと彼女によく仕えた女中達を叱りも出来ず、ぶすっとして押し黙る日々が続いていた。

だが、それとても、沖右衛門の事故の名残だと女中達は思い込んでいる。

その中に、お鹿をどっぷりと浸《つ》けておくわけにはいかなかったのだ。

「鹿でございます。よろしくお頼申します」

初めて入った武家屋敷である。さすがにお鹿にも緊張が見られたが、それも物珍しさゆえで、殿様への目通りも臆《おく》することなく堂々としていた。

翌朝は早速言われた通りに起こしに来て、

「さて、お殿様、何をすればようございますか」

着替えを手伝う小姓が側近くにいたとて、お鹿はずけずけと沖右衛門に問うてきた。

「身共の側近くに控えておれ」

沖右衛門は、そのように命じた。

妻が死んでから、沖右衛門が奥で暮らすことはなかった。

右半身が不自由になり、女に対する欲求も失《な》くなっていたので、妻の死は、奥の消滅を意味していた。

それでも沖右衛門は、亡妻の仏事の取り仕切りや台所などで働く下女の束《たば》ねなどを老女にさせていた。今さら暇を出すのも憚《はばか》られたからだ。

そのような理由で、沖右衛門は、奥は女中達の居住地として捉《とら》え、自分は中奥で暮らした。

奥に用はない。さりとて表で潑剌《はつらつ》と働けぬとあれば、中奥に引っ込んでいるのがちょうどよいのだ。

とはいえ、誰が気遣ってくれようと、どこに居ようが、沖右衛門が退屈であることには変わらなかった。

家政については、重代の用人・細木五兵衛が何事もこなしてくれる。

幕府からは、あらゆる務めを猶予《ゆうよ》されている今は、起きてから寝るまでの間にすることは、書見と自力で庭を歩き、何とか両手で木太刀を握れるようになるための鍛練の他にない。

秋月栄三郎に、仕込んでやってくれと言われて、おもしろそうだとお鹿を引き受けたものの、何をさせればよいのか、俄に浮かんでこなかった。

朝の濯《すす》ぎ、着替え、朝餉《あさげ》の仕度などは小姓がする。

とりあえず、控えていろと言われれば、部屋の隅《すみ》や廊下に畏まって座っていればよいと老女に教えられたお鹿であるが、すぐに落ち着きがなくなってきた。

朝餉をとりながら、沖右衛門はちらりちらりとその様子を見ていたが、

——これはおもしろい。

秋月栄三郎が勧めた意味がわかってきた。

どこか悪童を連想させる小癪《こしゃく》な顔付きに、女にしては肩幅が広く、いかにもたくましい体付き。

それが、今日は奥女中の姿となっていた。

沖右衛門が側近くに召し抱えるというのであれば、さすがに下女の姿のままでは具合が悪いだろうと、老女が指示して、矢絣《やがすり》の衣裳《いしょう》を着せたのだが、それがとんでもなく似合《にあ》っていない。

自分でもそれがわかるのだろう。何度もしかめっ面《つら》をしてみせるので、じっと眺《なが》めると沖右衛門はとりあえず、からかってやろうかと、滑稽《こっけい》に映って仕方がない。

「お鹿、何をそわそわとしておる」

と、声をかけた。

「こちらは、おかしなところでございますよ」

お鹿は真顔で応える。

「何がおかしい？」

「さっきから、ずうっと控えておりますが、こんな風に、じっと控えているのがお務めになるのでございますね」

お鹿の人を食ったような物言いに、小姓が怒って、

「無礼者めが、口を慎《つつし》め」

と叱りつけたが、沖右衛門は、それを〝黙れ〟と左手で制して、

「お前は池の魚のように、動いておらねば落ち着かぬか」

と、問うた。

「へい、左様でございます。あて、……、いえ、あたしのような者は、動いてこその者でございまして、きれいな着物を着せていただいても、気の利いた置物にもなりません……」

「いや、これでなかなか埴輪《はにわ》のようで愛らしいぞ」

「埴輪……？」

「大昔の雛《ひな》人形のようなものじゃ」

きょとんとするお鹿を見て、沖右衛門はニヤリと笑った。小姓は笑いを堪《こら》えて下を

向いた。

「こういう時は遠慮せずに笑え」

沖右衛門はそれを叱りつけて、

「お前も飯を食ってこい。それから、また、ここへ来よ」

舌をもつれさせながらまたお鹿に命じた。


お鹿はあっという間に戻ってきた。

「もう食ったのか？」

かつて市井に出て放蕩《ほうとう》していた頃の言葉が自然と口をついた。そして、この物言いの方が、はるかに喋り易いことに沖右衛門は気付いた。

「へい……、はい、あたしは十《とお》ほども数えてくださいましたら、飯は腹に入ります」

「そいつは大したものだ」

沖右衛門の言葉はすっかりとくだけてきた。

脳裏に秋月栄三郎の顔が浮かんできた。岸裏伝兵衛に剣術を学んだ頃から、栄三郎と馬が合ったのは、彼が市井に通じていたからだ。

組下の与力、同心にも、町の男伊達《だて》のごとき武士が数多《あまた》いて、それを取り仕切る日々が、江本沖右衛門の一番生き生きしていた頃であったと思われる。

栄三郎は、そういう自分をよく理解していたから、話していて楽しかったのであろう。そして、屋敷に籠《こも》る今は、くだけた物言いが出来る話し相手こそが重宝すると、お鹿を勧めたのに違いない。

もっと早く、自分のこの姿を岸裏伝兵衛と秋月栄三郎には見せておくべきであったかと思えてきた。

「で、お殿様は今、何をしておいでで」

「書見をしている」

「邪険にしている？」

「それほど聞きとり辛いか、おれの言葉が」

「むつかしい言葉は、よくわかりません」

「書見、書物を読んでいるのだ。見ればわかるだろう」

「ああ、そういうことですか……。ほいで、書物を読む間に、あたしは何をしましょう」

「書見はしまいだ。お前の話を聞こう」

「あたしの話？　お殿様にお話しするような気の利いたものは何もございません」

「お前は何度も奉公先から暇を出されたというが、何をしでかした？　それを話せ」

「何もしでかしたつもりはないのでございますが……」

「いいから話せ」

「へい……」

お鹿は、それから件《くだん》の、意地悪な手代を物干しに吊したり、〝げッ〟の若旦那の話などを懸命に語り、その都度、沖右衛門は体を揺すって笑った。

お鹿はひとしきり喋り終えると、

「で、お殿様、あたしは何をすればよろしいんで……？」

また、上目遣いで訊《たず》ねた。

「お前は、どうあっても体を動かさぬと気がすまないようだな」

「そりゃあ……」

「力仕事ばかりが奉公ではないぞ」

「だがお殿様、こんな馬鹿っ話並べて、ご奉公が勤まるのですかねえ」

「おれを笑わせるのも奉公だ」

「へえ……」

「朝ここに来てから、おれは何をした」

「それは、濯ぎをして、着替えて……」

お鹿は、たらいや湯桶《ゆおけ》の色、うがい茶碗《ぢゃわん》の唐草《からくさ》模様に至るまで覚えていて、すらすらと応えた。退屈そうにしていたが見るべきことは、しっかり見ていたようだ。沖右衛門は満足げに頷いて、

「それでよし。そのうちお前にこなしてもらおう。だが、おれは体の半分が思うままにならぬ。手を貸すのは骨が折れるぞ」

「そんなものは、朝飯前ですよう」

「さてどうかのう」

沖右衛門は挑発するように言った。

「そんなら、そこのお人、ここまで来てやっておくんなさいまし」

お鹿は、先ほどからぶすりとした表情で自分を見下している小姓を呼んだ。

小姓は、お鹿の出過ぎた態度が気に入らぬのであろう。おまけに沖右衛門が、お鹿に身の回りのことをさせようとしているのが、悔しいから、

「某に何用だ……」

仏頂面《ぶっちょうづら》で言った。

――面白味のない男だ。

沖右衛門は、予々《かねがね》この小姓を叱りつけてやりたかったのだが、洒落っ気のない男に何を言ってもわかるまいと、諦《あきら》めていた。最早《もはや》、面白味が何たるかを思い知らせる気力も湧かなかったのだ。

だが、今は何か起こりそうで、

「傍まで行ってやれ……」

沖右衛門は小姓を促した。

「ははッ」

仕方なく小姓は、部屋の端に控えるお鹿に歩み寄って、見下ろした。

「これでよいか」

お鹿はにこりと笑って、小姓の前に自らも立ち上がって向かい合った。女としてはがたいの好い方ではあろうが、やはり武士と並ぶとはるかに小さい。

「ごめんなさいよ！」

お鹿は、いきなり小姓の襟をむんずと摑《つか》み、そのまま背負った。ふわりと小姓の体は宙に浮かび、ぴたりと止まった。

「な、何をする……」

小姓は呻《うめ》いた。そのまま投げ飛ばされるかの勢いであったからだ。

「ははは、なるほど、大した力だ。これならお前に支えてもらえる」

「おわかりくださいましたか……」

お鹿は、嬉《うれ》しそうに小姓から手を放した。その弾《はず》みで小姓は尻《しり》もちをついた。

「よし、お鹿、肩を貸せ、動かぬ足を鍛《きた》えるとしよう」

沖右衛門は、静かに言った。

それから沖右衛門は、身の回りの世話はお鹿にさせた。そして、時にお鹿の肩に寄りかかり歩行の訓練をする日々が淡々と過ぎていった。

沖右衛門がお鹿を気に入ったのは確かであろう。細木五兵衛は、そのことでは胸を撫《な》で下ろして、さすがは秋月栄三郎である、沖右衛門の好みと、今の気持ちを見事に察してくれたと喜んだのだが、五兵衛とて長く沖右衛門に仕えこの主君を見てきている。

体が不自由になって、妻にも死に別れた沖右衛門は、このところ情緒が定まらない。

山出しのお鹿をおもしろがっているうちはよいが、いつ何時お鹿が沖右衛門の機嫌を損じ、主君の心が荒《すさ》んでしまうか知れたものではない。

すべてはお鹿次第である。それが五兵衛には心配で仕方がないのである。

五

お鹿は、江本邸でたくましく過ごした。

彼女が奉公に出て十日が過ぎたが、沖右衛門はほとんどお鹿しか側近くに寄せつけなかった。

それゆえ、奥向きを束ねる老女も、小姓、近習《きんじゅう》達も、お鹿に辛く当たったが、お鹿はまったく応えなかった。

「あたしは、お殿様に言われた通りにしているだけですよう」

家人達は、そう言われると返す言葉もなく、また沖右衛門に讒言《ざんげん》されるのを恐れて、何も言わなくなった。

細木五兵衛は、それが家中の不穏《ふおん》を生んでもいけないと、時に沖右衛門の御前へと出て、それとなくその想いを伝えたが、

「山出しの下女に恐れを抱くほど、家中の者共は不甲斐《ふがい》のうなったか」

と、嘆息《たんそく》されると、彼もまた言葉が続かず、おずおずと引き下がるしかなかった。

――それもこれも、己が不甲斐なさゆえか。

沖右衛門は、苦笑いを禁じえなかった。

決して家中の者達を萎縮《いしゅく》させたつもりはなかった。しかし、武芸に秀《ひい》で、鉄の意志を持ち、悪人共を震えあがらせた沖右衛門は、知らず知らずのうちに家中の者達に畏怖を与えていたのであろう。

その結果、何事も沖右衛門の下知に従っていればよいのだという風潮を作ってしまったことは否《いな》めない。

沖右衛門の言うことに何の疑いも持たず、こなしていけば江本家にとっては何よりだと、皆は思ったのだ。

沖右衛門に屈託があったとしても、それは聡明《そうめい》な奥方が、夫との語らいの中でうまく収めてくれるという安心があった。

ところが、絶対的な主君は事故によって体が思うようにならず、屋敷で養生する身となり、さらに聡明なる奥方が亡くなってしまった時、沖右衛門に叱責《しっせき》されても、召し放《はな》ちになっても、己が想いを告げんとする骨のある家来はいなくなっていた。

ただ、変わり果てた主君に気遣い当り障りのないように、己が立場を守ろうとする、面白味の無い者を生み出してしまったのだ。

元気な頃に気付いていれば、しっかりと叱りつけ、自分の色に染めてやろうとした

旗本屋敷に奉公に上がったとて、まるで臆さず怯《ひる》まず、自分の信念を持って主人に仕えようとするお鹿を見ていると、この山出しの下女かもしれぬ。

であろうものを――。

――我が家来共の質を変えてくれるのは、この山出しの下女かもしれぬ。

そう思えてくる。

自分が何ゆえお鹿を気に入り、側近くに置いているか、それを己の目で見て感じるがよいと――。

「お殿様。御屋敷は広うございますが、山や海があるわけではねえです」

ある日、お鹿は庭で床几に腰をかけながら、何とか左手に握った木太刀に右手を添えて構えんとする沖右衛門に言った。

「当り前だ。御城にさえ海はない。お鹿、刀はこう構えるのだ」

沖右衛門は、やっとのことで構えの型を拵《こしら》えて、お鹿にも、木太刀を取って真似てみるように告げた。

このところ、沖右衛門はお鹿に剣術を教えていた。構えるのがやっとでも、心と体は剣術を覚えている。あれこれ口立てで教えても彼の剣は生きていた。驚くべき呑み込みのよさで、お鹿は木太刀を縦横無尽《じゅうおうむじん》に振る術《すべ》をたちまち体得してしまった。

沖右衛門は、教え甲斐のある奴だと、新たな構えを教えんとしていたのだが、

「御屋敷の外へ出てみてえとは、思わねえのですか？」

お鹿は、真顔で問いかけた。

「思わぬわけではない。もう一度、深川辺《あた》りを歩いてみたいものだが……、武士の外出はなかなか大変なのだ」

「お忍びで出たらどうです？　米屋に奉公していた時、店の旦那はよく、お忍びでいそいそと出かけていなさりましたよ」

「忍びか……。だが、この体では海に着く前に日が暮れてしまう」

「馬に乗るとか」

「馬はこりごりだ」

「ああ、そうでした。ははは……」

「笑う奴があるか」

「こいつはご無礼いたしました。だがお殿様が怪我をなさったのは、馬が悪いんじゃあねえでしょう。火を付けた野郎が悪いんで」

「もうその話はよい。たとえうまく乗れたとしても、馬に乗って忍び歩きができるか」

「そいつは道理だ。そんなら、絵草紙で見た小栗判官《おぐりはんがん》みてえに、土車《つちぐるま》で行きますかい。あたしが引っ張りますよ」

「とんだ照手姫《てるてひめ》だ。小栗判官はあの世から餓鬼《がき》となってこの世に戻ってきたから、熊野《くまの》まで照手姫が土車に乗せたというではないか」

「そりゃあそうだ。いくらなんでもお殿様を土車に乗せちゃあいけねえな。せめて大《だい》八車《はちぐるま》で……」

「大八車に乗る？　それでは、おれの恰好がつかぬ」

「恰好ねえ……」

「それに、お前が大八車を引っ張って、その上におれが乗っている姿をさらしたら、目立ち過ぎてこれもまた忍びにはならぬよ」

「う〜む。だが、あたしは何としてでも、お殿様を外へお連れしてえなあ」

お鹿は嘆息した。

しかし話すうちに、沖右衛門はお鹿が付いていれば、微行するのも難しくはないと、思い始めていた。

沖右衛門は、家中の者達の目も欺《あざむ》かねば、外出など出来まいと思っていた。外出をしたいなどと言うと、大層な乗物が用意されて、家格に合った供揃《ともぞろ》いで出かけることになろう。

そんな大事にしたくはなかった。

中には誰の外出かを目敏《めざと》く見つける者もいようから、

「おい、あれは火盗改の鬼江本だ。馬にも乗れねえとは、哀れなもんだなあ」

「ざまあねえや」

などと言い立てるかもしれない。

何と言われようが構わぬが、それでは好きなように町を歩けない。やはり微行が何よりだ。そうは思えど、家中にはおもしろずくで沖右衛門の外出を実現させようなどと考える者などいなかった。

沖右衛門は自ら微行の供を申し出たお鹿の想いに応えて策を練《ね》った。

そして、その日は一日中、仏間に籠って精進潔斎《しょうじんけっさい》をすると五兵衛に伝え、お鹿を遣いに出した。下女の姿で大八車を引いて、押上《おしあげ》村の百姓家から大根を仕入れてくるよう命じたのである。

家中の者達は疑わなかった。お鹿が大八車を引いて百姓家に遣いに出るというのも、沖右衛門があくまでも下女としてお鹿を扱っているのだと確かめられて、ほっとしたものである。

だが、お鹿が大八車を引いて出かけた時、車には菰《こも》を被《かぶ》った沖右衛門が潜《ひそ》んでいた。

かつては火盗改として微行姿で探索に出たこともあった沖右衛門である。ちょっと身なりの好い着流しの浪人に変じるのはわけもなかった。

お鹿が手伝い、しっかりと着付けて、家中の者達の隙を衝《つ》いて、未明に沖右衛門をお鹿が抱えて大八車まで運んだのである。

それからお鹿は新辻橋《しんつじ》まで車を引いて駆《か》け、ここでそっと沖右衛門を下ろし、自らは押上村へ走り、大八車を百姓家に預け、新辻橋まで駆け戻った。

ここからは町駕籠《まちかご》を借り切って、お鹿が駕籠の外を付いて歩き、深川へ出たのである。

見た目には、金持ちの浪人が下女を連れて町を行くように映った。

「ちと足を挫《くじ》いてしもうてのう」

沖右衛門は酒手《さかて》を弾んでやり、駕籠屋は好い客を乗せたと喜んだ。

駕籠は深川へ向かった。途中、何度か沖右衛門は駕籠を降り、巧《たく》みに杖を突いて町の風景をお鹿を供にして楽しんだ。

町中でお鹿の肩を借りたくはない。それゆえ、沖右衛門は日頃の訓練をここで試さんとゆっくりと確実に自力で歩いた。

外で歩くと思った以上に力が出た。

木場《きば》の堀割が続く風景、三十三間堂《さんじゅうさんげんどう》、八幡宮《はちまんぐう》、永代寺……。どれも、かつて遊んだところであった。爽《さわ》やかな秋晴れの空の下、駕籠から降りては辺りを歩き、沖右衛門は久しぶりの外出を楽しんだ。

「お殿様は、この辺りが随分とお好きなんですねえ」

その間、お鹿は嬉しくなって、何度も問いかけた。

「この深川で、若い頃は随分と遊んだものだ」

「お殿様が？　若い頃から御屋敷を抜け出していたんですねえ」

「ははは、そんなところだ。長谷川平蔵《はせがわへいぞう》という御方《おかた》に憧《あこが》れてな」

「そのお方は偉い人なんですか？」

「ああ、火付盗賊改にその名を残された御方だ。旗本の家に生まれたのだが、母親は奉公に上がっていた下女でな。父親の正妻から辛く当たられて、若い頃はぐれて本所で暴れていたそうな。おれも同じ境遇で、こいつは真似をしてやろうと、この深川で遊び呆《ほう》けていたというわけだ」

「お殿様も、御苦労をなされたんですね」

「苦労というほどのものではない。遊んでいた頃は楽しかったし、恋もした。町での暮らしが、その後の務めに随分と役に立った」

「その長谷川様と同じようになられたんですねえ」

「いや、おれははるか及ばぬ。このような体になり、気が付けば一人だ。未だ世継ぎも定まらず、やっとの想いで深川をこうして歩いている。おれはいったい何をしているのであろうな」

沖右衛門は八幡の鳥居を見上げながら溜息《ためいき》をついた。

「お殿様はまだまだこれからでございますよ。今日だって、何とか一人で歩いておいでだ。これからどんどん体も動くようになって、また悪い奴らを追い詰《つ》められるようにおなりになりますよ。思えば思われます……」

「思えば思われるか……」

沖右衛門は小さく頷いた。

「おれはいったい何をしているのであろう……。お殿様がそんなことを仰《おお》せになられたら、あたしなんかは立つ瀬がありませんよ」

お鹿は幼い頃に母親を亡くし、継母《ままはは》に育てられたが、この継母はお鹿に辛く当たり、己が実子である弟、妹とあからさまに差をつけたので、お鹿はいるにいられなくなって、安房から単身で江戸に出て来たという。思えば少しばかり沖右衛門と似ていた。

「お前らなんかより、ずっと幸せに暮らしてやらあ、なんて大口叩いて出て来たはいいが、奉公先は落ち着かず、皆の手を煩《わずら》わしてばかりでございますよ」

お鹿は、話すうちに珍しく打ち沈んだ表情となった。

「塞《ふさ》ぎ込むことはない。お前とて、おれの生みの母のように、旗本の世継ぎを産《う》む日がくるやもしれぬぞ」

「え……?」

「本気にする奴があるか」

「いやなお殿様だよう……」

二人はからからと笑い合った。沖右衛門は駕籠を八幡宮の鳥居脇《わき》で待たせて、蓬萊《ほうらい》橋の袂《たもと》まで歩みを進めた。そこを渡れば佃《つくだ》町の色里である。沖右衛門は懐《なつ》かしそうに町並みを見廻しながら橋の中頃までよたよたと歩いていく。

――何か思い出深いところなのかねえ。

と、お鹿は見たが、その時、少しよろめいた沖右衛門に、勇み肌の二人連れが向こうからやってきて、柄の大きな方がどんとぶつかった。

沖右衛門はその拍子《ひょうし》に転びそうになったが何とか持ちこたえて、橋の手摺《てすり》に体を支えた。

大柄の男は嘲笑《あざわら》うように見て、そのまま歩き出した。着流しに細身の刀を落し差しにして、杖を突いて歩く沖右衛門を、弱々しい浪人と侮《あなど》ってのことであろう。

「待て……」

気色《けしき》ばんで男を呼び止めたのは、お鹿であった。

「お前ら、うちの旦那様にぶつかっておいて、挨拶はなしかい」

堂々たる物言いである。

「何だと、この山出しが……」

大柄は、お鹿を小馬鹿にして、隣の丸顔の男と笑い合った。

「お前、それで喧嘩《けんか》売っているつもりかい?」

丸顔がお鹿を睨《にら》みつけた。お鹿は、沖右衛門に大きく頷くと、彼の手から杖を借り受けて、耳を傾けた。

沖右衛門はニヤリと笑って、

「大きい方の臑《すね》を打て、それから丸顔の腹を突くのだ」

と、お鹿の耳に囁いた。お鹿は、再び大きく頷くと、つつッと大柄の前に立ち、

「えい！　やあ！」

言われた通りに杖を揮《ふる》った。たちまち勇み肌の二人は橋の上でのたうった。

「よし！　随分と腕を上げたな」

沖右衛門は大いに喜んだ。

「人、ぶん殴って誉《ほ》められたのは初めてだ……」

お鹿は照れ笑いを浮かべると、沖右衛門に杖を戻した。

「おい、何やってるんだ」

そこへ、二人の兄貴分と思われる若い男がやって来た。こ奴は偉丈夫で体も締《し》まっていて、明らかに強そうだ。

「どうもこうもねえや。仲太郎《なかたろう》兄ィ、この女がよう……」

と、大柄がお鹿を指さした。

この時、沖右衛門は橋の手摺で巧みに体を支え、今度は自分がこ奴を左手一本で叩き伏せてやろうと、杖を上段に構えていたが、大柄が仲太郎兄ィと呼んだ途端《とたん》、はっと顔色が変わった。

仲太郎は沖右衛門を見て、

「杖を突いた三一《さんぴん》を相手にしてられるかよ。まったく気味の悪いおやじだぜ」

少しは腹が据わった男のようだ。沖右衛門がまともに歩けないと見てとるや、仲太郎は相手をせずに、三人を連れて佃町の雑踏の中に消えていった。

沖右衛門はそれを呆然《ぼうぜん》と見送ると、やがて力無く杖を突いて踵《きびす》を返した。

「お殿様、どうなさいました」

お鹿は慌ててあとを追ったが、それ以後、沖右衛門は押し黙ったまま何も話さなかったのである。

六

——せっかく、上手《うま》くいったのに。

お鹿は、ここでもまた余計なことをしてしまったのではないかと、気持ちが晴れなかった。

あれからお鹿は、押上村の百姓家から、大根を積んだ大八車を運び、そこに江本沖右衛門を巧みに忍ばせて屋敷に戻り、間合を計って仏間に入れた。

お鹿との秘密の外出は上手くいったはずなのに、沖右衛門は、そのまま精進潔斎を続けるとして仏間に籠ってしまった。

家中の目を欺くための仕上げだとお鹿に告げたが、沖右衛門の心に動揺があるのは確かである。

とすると、蓬莱橋でやり合ったことが気になる。

「あいつらが何か、お気に障りましたか？」

帰る道すがら、お鹿は何度か訊ねたが、

「あんな奴らの何が気になるというのだ」

沖右衛門は不機嫌に応え、それからは何も語らず、翌朝になって、

「昨日は大儀であったな」

とだけ告げて、仏間に籠ったのである。

お鹿は、時折呼ばれて身の回りの世話をしたが、特に何の話もなく退屈な一日を余儀なくされた。

翌日。お鹿は口入屋の六兵衛に無事に勤めていると報せに行くことを願い出て許された。

しかし、お鹿が報せに行きたかったのは、六兵衛よりも秋月栄三郎であった。沖右衛門の急変ぶりに、いても立ってもいられなくなったのだ。

手習い道場に駆け込むや、

「あてはまた、やらかしてしまったかもしんねえ……」

お鹿は栄三郎に訴えたのである。

「お前は何もおかしなことはしていないよ」

栄三郎は、話を聞くとお鹿を労り、

「気にするな。お前はいつものお前でいるのが何よりだ」

このお鹿が、これほどまでに自分のしたことを気にするのは、生まれて初めて、人に求められる喜びを覚えたからに違いない。

栄三郎は嬉しくなってきて、

「そのうち、お殿様の御機嫌もよくなろうよ」

そのように言い含《ふく》めて、ひとまずお鹿を屋敷に戻した。

——ここからが勝負だ。

それから栄三郎は、岸裏伝兵衛を訪ねて、しばらく話し合った後、その日は慌《あわただ》しく動き回り、久しぶりにあの〝蘊蓄《うんちく》おやじ〟南町奉行所定町廻《じょうまちまわ》り方《かた》同心・前原弥十郎の姿を八丁堀に求めた。

前原弥十郎は、栄三郎から話を聞くと、やたらと張り切って、深川へ出かけた。

「栄三もつまるところおれが頼りなんだなあ……」

そう言って困った顔をするのがこの男の生き甲斐なのだ。

永代寺の裏手へ出ると、彼はニヤリと笑った。小堂の裏に三人の若者がいて、莫蓙《ござ》を広げて子供相手に博奕場《ばくちば》を開帳《かいちょう》している。

「そっとかかれよ」

弥十郎は、小者に命じると、自らも気配を消して近寄った。このところ、深川をよたっているこの三人が、子供相手に違法に小博奕をしていると耳に入っていた。

三人というのは、先日、お鹿が沖右衛門の杖で叩き伏せた大柄と丸顔の勇み肌に、その兄貴分である仲太郎という男であった。

弥十郎は、十手《じって》を抜いて、いきなり仲太郎の前に出ると鼻先に突きつけた。

「ちょいと顔を貸してもらうぜ」

大柄と丸顔は、慌てて逃げ出し、銭を張っていた子供達も四散した。

「今日のところは見逃してやれ」

弥十郎は、仲太郎だけを引っ立てて、近くの番屋へ連れていった。

仲太郎は、性根が据わっている。逆らったとて逃げられぬと観念して、黙って弥十郎に従ったが、

「もっと他に取り締まらねえといけねえ野郎もいるでしょうに……」

と、ふてくされていた。

「近頃、お前は目に余るからよ、ちょいと意見をしておこうと思ってな」

弥十郎は、仲太郎をしばらく仮牢《かりろう》へ放り込んでおいてから、折を見て牢から出して、あれこれ問うた。

「お前のおっ母さんは、おきくといって、昔はこの辺りで女芸者をしていたと聞いたぜ」

「へい。もう随分前に死んじまいましたがね」

「親父殿《おやじどの》はわからねえんだってな」

「江川沖蔵《えがわおきぞう》とかいう浪人だったそうで。まだガキの頃に、どこかへ消えちまったとか」

「そんならお前は武士の子なんだな」

「からかわねえでくだせえよ」

「武士の子には違《ちげ》えねえやな」

「親父の顔すら覚えちゃあおりませんよ」

仲太郎は頭を振った。

「悪い男じゃあなかったみてえだぜ。お前の親父殿はよ。剣術を学んでいた頃の相弟子ってえのがいて、お前を引き取りたいと言っている」

「親父の知り人が？」

「子供博奕くれえのことで咎人は作りたかねえ。きっちりと引き取ってくれる者がいりゃあ帰してやってもいいと思っていたところだ」

仲太郎は、目を丸くした。母親が死んでからは正業にも就かず、やくざな暮らしを送ってきた自分には請人などいない。

それなのに、そんな殊勝《しゆしよう》な者がいるなど、俄には信じ難かったが、このままでは牢へ放り込まれる。引き取ってもらえるなら、今はそれに従おうと素直に従った。

江川沖蔵の知り人というのは、秋月栄三郎であった。

栄三郎は弥十郎と目で言葉を交わすと、仲太郎を引き取って番屋を出た。それからすぐに、栄三郎は仲太郎を本材木町五丁目にある岸裏道場へ有無《うむ》を言わさず連れていった。

「驚いただろうが、お前の親父殿は、ゆえあって、お前を置いたまま江戸を出てしまったが、大層立派な武士であった。おれはその相弟子でな、剣の師と共に沖蔵殿に子がいたと聞き及び、このところ捜していたのだ……」

栄三郎は道中、そのような話をして、仲太郎は偉大なる剣客《けんかく》・江川沖蔵の力が流れている立派な武士の子である。町の噂ではなかなか腕っ節も強いようだ。今からでも遅くないゆえに、剣の修行をしてみないか。お前なら必ずものになる。一端《いっぱし》の武士となれば、仕官の道も夢ではない。いつか沖蔵と父子《おやこ》の対面を果せる日もこよう、そのように説いた。

仲太郎には何のことやらわからなかったが、とにかく番屋を出たかったので、栄三郎の言う通りにした。剣術など自分に出来るとも思えなかったが、頃合いを見て逃げてしまえばよいことだし、自分の父親がなかなかの武士だと知り悪い気はしなかった。

それに、栄三郎の話術に乗せられて、次第に夢心地になってきたのである。

栄三郎は、仲太郎の心の隙間に、あっという間に入り込んだ。

仲太郎を岸裏道場に連れていき、ここに留めおき、松田新兵衛の強さと威を見せ、自らはいかに剣術が楽しいかを教え込んだ。

血の気の多い若者が喧嘩より素晴らしいものがあることに気付き、武道に夢中になる過程を、栄三郎は幻術師のごとく作り上げたのである。

三日目には、武士の子弟の形となった江川仲太郎は、元より持ち合わせた勘《かん》のよさで、一端の剣術道場の門人のような風情《ふぜい》を身につけた。

そこで、穏《おだ》やかに見守っていた岸裏伝兵衛が、

「大きな武家屋敷に慣れるがよい」

と、栄三郎と共に連れていったのは、江本沖右衛門の屋敷であった。

お鹿は、栄三郎のおとないを一日千秋《いちじつせんしゆう》の想いで待っていた。六兵衛には、他ならぬ秋月栄三郎の旦那の肝煎《きもいり》のようだから、今度こそ奉公先で勤めあげられるように励むつもりだと見得《みえ》を切った手前、さすがのお鹿も、どうしていいかわからなくなっていた。

しかし、沖右衛門はお鹿を召さず、伝兵衛達の応対と世話は小姓に命じた。

武士が客を迎えるのである。下女は控えさせるのは当り前だが、今のお鹿には何もかもが引け目に覚えてしょんぼりとした。

それでも、秋月栄三郎が何かをもたらしてくれたに違いないと思うと、じっとしてはいられずに、庭先から廊下をそっと窺い見た。

俄なおとないではあったが、沖右衛門は、岸裏伝兵衛が秋月栄三郎を伴って来たと聞けば、会わぬわけにはいかなかった。

小姓に命じて紋服に着替えると、書院に待った。

——相変わらず下手な奴よ。

沖右衛門は、小姓の着付けが気に入らず、座ってからも何度も左手で襟を直してみたりした。その刹那《せつな》、お鹿のことが気にかかった。あれから自分が再び塞ぎ込んでしまったのはお鹿のせいではない。

お鹿はその責めを負い哀《かな》しんでいるのではないか——。その想いに至った時、伝兵衛と栄三郎が案内されてやって来た。

伝兵衛がにこやかに、

「栄三郎が下女を雇ってやってくれ、などと願《ねご》うたと聞きまして、それがちと気になりましてな」

まず切り出した。お鹿へ想いを馳せていただけに、沖右衛門はすかさず、

「栄三が勧めてくれましたゆえ、いかな下女が来るかと思えば、案に違《たが》わずおもしろい女でござる」

お鹿を称した。

「それを聞いて、安堵いたしました」

栄三郎が、晴れ晴れとした表情で応えた。

この数日、気分が重かった沖右衛門は、その笑顔に引き込まれるように、

「また、おもしろい者がいれば、連れて来てくれ」

と、言葉を返していた。

「ならば、早速お目通り願いたい者がおりまする」

「何じゃ、連れてきていると申すか」

「はい。近頃、岸裏先生の弟子となった者にございます」

「ならば、この沖右衛門にとっては弟弟子だ。これへ呼んでやってくれ」

沖右衛門はそう言って、伝兵衛に頬笑《ほほえ》みかけた。

この様子を、庭の物陰からそっと窺い見るお鹿であったが、書院の声までは聞こえず、やきもきとしていた。

すると、栄三郎に連れられて廊下を行く若い武士の姿が、見えた。

「あれは……」

お鹿は、あっと驚いた。その若い武士は、あの微行での深川散策の折、お鹿が杖で打ち据えた破落戸《ならずもの》の兄貴分の男であったからだ。

そして、驚いたのは沖右衛門も同じであった。

だが、沖右衛門は落ち着き払って、

「ほう、そなたが、先生の新たな弟子か……」

つくづくと言った。伝兵衛と栄三郎が何故《なぜ》この若者を連れてきたか察しがついたのだ。

「は、ははッ……。よろしくお頼み申します……」

仲太郎もまた、恐る恐る顔を上げて驚いた。目の前にいる旗本のお殿様が、先日、蓬萊橋で弟分二人が叩きのめされた山出しの女中の主《あるじ》にあまりにも似ている――。

ただでさえ、大きな旗本屋敷を訪ねて、雲の上の人であるお殿様に、声をかけてもらう栄誉に緊張していた仲太郎は、声が上ずり、わなわなと震えた。

それでも沖右衛門は、そんな仲太郎を、この世に珍しい美術品を見るように眺めながら、

「左様か、岸裏先生の許で剣術をな……。しっかりと励むがよいぞ」

やさしい言葉をかけたものだ。そして、その目はやがて伝兵衛と栄三郎に向けられ、目尻には今にもこぼれ落ちそうな涙の塊《かたまり》が浮いていた。

沖右衛門は父が下女に産ませた子であった。父は息子を正妻の子として育てたが、生《な》さぬ仲の母は、沖右衛門の生母を追い出し、父との間に子を授からない腹立ちから、沖右衛門に辛く当たったった。

それが沖右衛門の心を荒ませた。彼は深川で放蕩の限りを尽くし、おきくという女

芸者と恋に落ちて子を生した。

「おれが気に入らねえのなら、江本の家は養子を取りゃあいいのさ」

沖右衛門は、廃嫡《はいちゃく》されて町でおきくと子と共に暮らすことを望んだが、おきくとしては自分のために惚《ほ》れた男が廃嫡されるなど堪えられない。

きれいさっぱりと身を引いて、沖右衛門の前から去った。

沖右衛門は嘆いたが、ちょうどその頃に養母も亡くなり、剣術の師である岸裏伝兵衛に何もかも打ち明け諭されて、やがて良家から妻を娶り、江本家の跡を継ぎ、立派に出世を遂げたのであった。

だが、妻の芽衣《めい》との間には子宝を授からなかった。

沖右衛門の脳裏には、おきくとの間の子のことが何度も浮かんだが、芽衣は良妻で、沖右衛門の出世には、妻の実家の後押しもあった。何といっても沖右衛門は妻を慈《いつく》しんでいたので、話を切り出せぬまま、自分は体が不自由になり、芽衣も病に倒れてしまった。

それからは、誰と会う気力も失せ、死ぬことばかりを考えて暮らしたが、先日来の岸裏伝兵衛、秋月栄三郎の来訪と、お鹿の奉公によって、生への欲求が出た。

すると、生き別れになっている息子と無性に会いたくなった。

お鹿には知る由《よし》もなかったであろうが、沖右衛門が蓬莱橋の方へと歩みを進めたのは、数ヶ月前に火付盗賊改方で差口《さしぐち》奉公をしている者から、ある報せがもたらされたからである。

その報せは、深川界隈《かいわい》に近頃うろつき始めた若い破落戸の中に仲太郎という者がいるとのことであった。

母親はおきくといって、かつては深川で女芸者をしていたが、その後千住へ移って死んでしまったそうな。芽衣の死後、亡妻に手を合わせつつ、沖右衛門はおきくとその子の行方《ゆくえ》を調べるよう、かつての密偵に頼んだのだ。

それが、今、岸裏伝兵衛が連れて来ている江川仲太郎であるのは、言うまでもなかろう。

沖右衛門にとっては最悪の報せであった。もう息子を更生させるだけの力も残っていない。何もかも捨《す》て鉢《ばち》になっていたのだが、お鹿が微行で外へ連れ出してくれた折は自然と足は息子を求めていた。仲太郎がいつも出没するという蓬莱橋に向かって歩いていた。

そして、一端の破落戸になっている我が子を見た。何ゆえに今まで面倒を見てやれなかったのか。忙しさと妻への気遣い、おきくという女への甘えが、自分の血を引く若者を悪の道へと追いやったのだ。

もし、息子に会えたらという想いが、深川への微行に己を駆り立てたのだが、ぐれた息子の姿を見てしまうと切《せつ》なさと共に自分の無力さが思い知らされて、沖右衛門の力を奪い、仏間に引き籠らせたのである。

とはいえ、このままにしておいたのでは息子が凶状持《きょうじょうも》ちになる。何とかしないといけないと気持ちだけは焦っていた。

その案じていた息子が、今、立派な剣客の門人姿となって目の前にいる。自分を見て戦《おのの》いている様子を見れば、この若者が根っからの悪ではないのはわかる。

事情を知っている岸裏伝兵衛が、秋月栄三郎に伝え、その意を受けた栄三郎がたった数日で仲太郎を若き剣士に目覚めさせたのは一目瞭然《いちもくりようぜん》であった。

「剣術は楽しいか」

沖右衛門は、緊張冷めやらぬ様子の仲太郎に言った。

「は、ははッ。まだ楽しめるほどのものではございませんが。わたしも武士の子だと知らされ、励みとうなりました」

「町場で遊んでいる方が楽しゅうはないか」

「畏れながら、町で遊んでいたのは、するべきことが見つからなんだゆえのことでご

りまする」

「はい。先生方に出会ってからというもの、妖術《ようじゅつ》にかかったかのような心地にござ
ざります」

「なるほど、思わぬ人との出会いが、己を変えるか」

「左様か……」

話すうちに、声が詰まる沖右衛門に代わって栄三郎が、

「仲太郎、お前もしっかりと稽古に励めば、そのうちに生き別れている親父殿と会うことも叶おう。お前の親父殿はお前とお袋殿を捨てたわけではない。のっぴきならぬ理由があって離れ離れとなったのだ。その時、もしも親父殿が困っているようならば、お前が手足となって差しあげるがいい。左様でございましょう。お殿様……」

明るい声で言ったものだ。

「うむ、そうだな。そうしてやるがよい」

沖右衛門はもう言葉にならなかった。

仲太郎は、畏まりながら、この殿様がもし先だって蓬莱橋で出会った浪人風の武士であったなら謝らねばならぬという思いと、まさかそんなはずはないという思いが、相変わらず心の中で戦っていたが、

「よし、仲太郎、下がっていよ……」

伝兵衛に言われて、訊ねる間もなく、玄関脇へと下がった。

沖右衛門はすかさず小姓に案内するよう命じ、席を外させた。

そして三人だけになると伝兵衛が、

「いつかあの者を、御役に立ててくださりますよう願いまする。まずそれまでは、我が道場にてお預かりいたしましょう」

低い声で言った。

亡妻・芽衣への義理も最早、果せたはずだ。仲太郎と、改めて親子の対面を果し、嗣子として迎えてもよかろう。それが叶い易い状態にしておきましょう――。剣の師と弟弟子の厚情が胸に沁《し》みた。

「忝《かたじけな》い……」

沖右衛門は、万感の想いを込めて、頭を下げた。

今の自分を見られたくない。そっとしておいてくれ――。

これほど馬鹿げていて、思い上がった考え方はない。

何ゆえ、師にさえも己が受難を報さなかったのであろうか。

「体が不自由になって知ることが多い。どうじゃ栄三。羨《うらや》ましいであろう」

「体を動かさずして物を知る……。いかにも羨ましゅうございまする」

栄三郎が畏まると、

「お鹿はあるか！」

沖右衛門は、家中の者が驚くほどのよく通る声でお鹿を呼んだ。

お鹿は、この様子を庭の物陰から窺い見ていたが、まさかのお召しに慌てて庭先から出て、

「御用にございまするか……」

と、畏まった。

お鹿にはまったくわけがわからなかった。

そっと窺い見ると、深川で見かけた、あの破落戸そっくりな武士がやって来たが、殊《こと》の外《ほか》沖右衛門は上機嫌に思えた。

やはり、栄三の旦那が何かを調べあげ、見事にお殿様の屈託を晴らしてくれたのだと、内心ほっとしていたところに、いきなりのお召しである。

どこの奉公先でも、常に泰然自若と構えていたお鹿が、驚くほどにか細い声で畏まる姿に栄三郎は目を細めた。

お鹿は武家屋敷を恐れているわけではない。

自分を慈しんでくれた主人から疎《うと》まれる恐《こわ》さを、生まれて初めて覚えたのだ。

「お鹿、お前は先だって、六兵衛の許に行かせてくれと願い出たが、実は栄三郎の許へ行きたかったのだな」

お鹿は驚いて栄三郎を見た。

――旦那、告げ口したのか。

栄三郎はにこにこと笑っている。

「はい……」

「こ奴め、あの大八車のことを申したな」

「申し訳ございませぬ。あ、あて、いや、あたしは……」

しどろもどろになるお鹿へ、

「お前はほんに、痒《かゆ》いところへ手が届く、よい奉公人じゃ」

沖右衛門は、にこりと笑った。

右の頬《ほお》もかすかに綻んでいる。

「へ、へへ――ッ」

「お前がいれば百人力じゃ。いつかお前をこの屋敷からどこぞに嫁に出すまでは、おれの側にいてくれ」

お鹿は、ぽかんとして顔を上げて沖右衛門を見た。

「ははは、嫁に行く気はさらさらないか？」

笑う沖右衛門を見ると、未だよくわからないものの、

——お殿様は、あてを望んでおいでだ。

それだけはわかる。

「どうした？　何か不足はあるか？」

主の言葉はどこまでもやさしい。

「いえ、そんなお言葉を頂戴《ちょうだい》したのは、初めてでござりますから……」

「お前の言う通りだ。思えば思われる」

「お殿様……」

空の青さが目に染みる。お鹿が初めて人前で涙を見せた時、

「お鹿、よかったな……」

秋月栄三郎はその一言を残し、伝兵衛と共に、仲太郎を連れてあたふたと屋敷から退散した。もうお鹿が暇を出されることもなかろう。

門の外に出た時、向こうから駆けてくる又平の姿を見た。

「どうした。何かあったのかい？」

胸騒ぎがして、栄三郎も駆け寄ると、又平はすかさず耳打ちをした。

すると栄三郎はたちまち顔を朱《しゅ》に染めて、

「先生！　これにて失礼いたしまする！」

そのまま駆けた。

目を丸くする仲太郎の傍で伝兵衛が、

「何があったのだ」

忙しい奴だと又平に問えば、

「へい、久栄さんが、ご懐妊なさいましたようで……」

又平は息を弾ませた。

「左様か。いや、めでたい！　あ奴も人の親になるか……」

伝兵衛は満面に笑みを浮かべつつ、

「さて、またひとつ楽しみが増えたものよ」

と、青空に張りついた薄雲を見ながら、高らかに笑った。

二度の別れ

一〇〇字書評

切・り・取・り・線

購買動機（新聞、雑誌名を記入するか、あるいは○をつけてください）	
□（　　　　　　　　　　）	の広告を見て
□（　　　　　　　　　　）	の書評を見て
□ 知人のすすめで	□ タイトルに惹かれて
□ カバーが良かったから	□ 内容が面白そうだから
□ 好きな作家だから	□ 好きな分野の本だから

・最近、最も感銘を受けた作品名をお書き下さい

・あなたのお好きな作家名をお書き下さい

・その他、ご要望がありましたらお書き下さい

住所	〒				
氏名		職業		年齢	
Eメール	※携帯には配信できません	新刊情報等のメール配信を 希望する・しない			

この本の感想を、編集部までお寄せいただけたらありがたく存じます。今後の企画の参考にさせていただきます。Eメールでも結構です。

いただいた「一〇〇字書評」は、新聞・雑誌等に紹介させていただくことがあります。その場合はお礼として特製図書カードを差し上げます。

前ページの原稿用紙に書評をお書きの上、切り取り、左記までお送り下さい。宛先の住所は不要です。

なお、ご記入いただいたお名前、ご住所等は、書評紹介の事前了解、謝礼のお届けのためだけに利用し、そのほかの目的のために利用することはありません。

〒一〇一‐八七〇一
祥伝社文庫編集長　坂口芳和
電話　〇三（三二六五）二〇八〇

祥伝社ホームページの「ブックレビュー」からも、書き込めます。
http://www.shodensha.co.jp/bookreview/

祥伝社文庫

二《に》度《ど》の別《わか》れ　取次屋栄三《とりつぎやえいざ》

平成29年10月20日　初版第1刷発行

著　者　岡本《おかもと》さとる
発行者　辻　浩明
発行所　祥伝社《しょうでんしゃ》
東京都千代田区神田神保町3-3
〒101-8701
電話　03（3265）2081（販売部）
電話　03（3265）2080（編集部）
電話　03（3265）3622（業務部）
http://www.shodensha.co.jp/

印刷所　錦明印刷
製本所　積信堂
カバーフォーマットデザイン　中原達治

 ISBN978-4-396-34362-0 C0193

〈祥伝社文庫　今月の新刊〉

内田康夫
喪《うしな》われた道〈新装版〉
浅見光彦、修善寺で難事件に挑む！　すべての謎は「失はれし道」に通じる？

宇佐美まこと
死はすぐそこの影の中
深い水底に沈んだはずの村から、二転三転して真実が浮かび上がる……戦慄のミステリー。

小杉健治
裁きの扉
悪徳弁護士が封印した過去――幼稚園の土地取引に端を発する社会派ミステリーの傑作。

高木敦史
のど自慢殺人事件
アイドルお披露目イベント、その参加者全員が容疑者？　雪深き村で前代未聞の大事件！

西條奈加
六花落々《りっかふるふる》
「雪の形をどうしても確かめたく――」古河藩の物書見習が、蘭学を通して見た世界とは。

岡本さとる
二度の別れ　取次屋栄三
長屋で起きた捨て子騒動をきっかけに、又平やお染たちが心に刻み、歩み出した道とは。

経塚丸雄
すっからかん　落ちぶれ若様奮闘記
改易により親戚筋に預となった若殿様。少ない銭をやりくりし、股肱の臣に頭を抱え……。

有馬美季子
源氏豆腐《げんじどうふ》　縄のれん福寿
包丁に祈りを捧げ、料理に心を籠める。客を癒すため、女将は今日も、板場に立つ。

睦月影郎
美女手形　夕立ち新九郎・日光街道艶巡り
味と匂いが濃いほど高まる男・夕立ち新九郎。日光街道は、今日も艶めく美女日和！

仁木英之
くるすの残光　最後の審判
天草四郎の力を継ぐ隠れ切支丹忍者たちの最後の戦い！　異能バトル＆長屋人情譚、完結。

藤井邦夫
冬椋鳥《ふゆむくどり》　素浪人稼業
渡り鳥は誰の許へ!?　矢吹平八郎、健気な娘のため、父親捜しに奔走！　シリーズ第15弾。